尹則

餐廳老闆，廚藝超群，嘴賤搞怪。

喜歡開玩笑，總是把高語嵐逗生氣。

曾經遭遇過重大挫折，但樂觀堅強，勇敢面對。

高語嵐當年不經意間給了他一個事業點子，

令他創業成功，而後念念不忘，再見傾心。

肉麻當有趣，情話寫不完的「情話大廚」，

改變了高語嵐遇事退縮的個性，贏得了高語嵐的愛情。

喂，別亂來

下

喂，別亂來

目錄
Contents

第一章

讓我做妳的男朋友吧

之後的一星期，高語嵐都沒有見到尹則。他好像在農場那邊忙，發了很多農場的蔬菜水果照片給她，說是採摘季活動。他在電話裡大致說了說活動內容，話說到一半就有人叫他，他匆匆掛了電話。

高語嵐自己整理照片，按他說的主題撰寫了活動廣告文案，又在網路上找了資料，再對照他部落格和農場官網上以前的活動資料，把活動的廣告文宣寫完了。

她發過去給尹則，兩天後他才回覆，說他看了，非常好，完全出乎他的意料，比他們之前做的要專業。他已經讓人去掛到官網上，同時印宣傳單，他讓高語嵐把這活動宣傳也放到部落格上去。

高語嵐受了誇獎，心裡有些得意，覺得在他面前展示了自己能幹的一面，虛榮心大大得到了滿足，可過後又覺得自己發神經，這有什麼好高興的，找到一份滿意的工作才值得高興。

然而，一星期過去了，她只面試了一次，而且感覺希望不大。幸好這無聊的日子裡她可以泡在尹寧的店裡，陪陪尹寧，逗逗妞妞，玩玩饅頭，一邊投投履歷，一邊幫著尹則看看網路上的消息，每天吃著專供的美味便當，她覺得自己身上都要長肉了。

週三晚上，尹則忽然出現了。高語嵐雖然不願意承認，但她的心還是冒出了粉紅泡泡。

尹則黑了一些，應該是在農場那邊曬的，他笑起來一口白牙甚是顯眼，「寶貝，有沒

有想我？」一開口又是影帝附身，高語嵐真想翻白眼給他看，那些曖昧泡泡都被他的演技戳破了。

曖昧泡泡……高語嵐嘆氣，這確實是個危險訊號。見到他會這麼開心，真的是太危險了。

尹則告訴她，他明天要出差，去鄰市幫一家餐廳設計新菜式，培訓廚師，隨便在那邊考察考察業務。今晚特意過來見她一面，不然他們又得很久見不上了。

「見不上就見不上唄，有什麼關係？」高語嵐很故意地說。說完就看到尹則笑了，那笑容又晃了她的眼，讓她覺得那笑容很寵溺。好像她是撒嬌，而他很高興，隨她。

「好的，沒關係。」他說，低沉的嗓音撩動心弦，高語嵐有些絕望，他還不如繼續當影帝。

第二天將近中午的時候，高語嵐正在看尹則的微博，他上午更新的，發了一張鄰市的街景，說這個城市很美，可他希望能快些完成工作，回到自己的城市，他很想念某人。

高語嵐看得臉發燙，那個某人不會是指她吧？

微博下面的粉絲留言狂亂了。

「想誰？戀愛了？」

「嗚嗚嗚，男神你居然有想念的人了？」

「男神你居然是已婚的？狀態明明寫的未婚啊，不帶這麼欺騙感情的！」

「大家別慌，尹老闆只是想他家的狗了！」

高語嵐看得很想笑，笑完了察覺自己心裡居然是有些小得意的。唉，虛榮心啊，你安分一點吧，太雀躍了容易自作多情，還容易衝動犯錯，容易樂極生悲。

高語嵐正自我反省，手機響了。

她嚇了一跳，心虛地以為是心裡活動太厲害被尹則感應到，結果一看，是她爸，呼，還好。

電話接起，高爸在電話裡和顏悅色，精神抖擻，「嵐嵐啊，最近怎麼樣啊？」

「還好。」高語嵐答得相當保守。

「嘿嘿，嵐嵐啊，妳還想瞞著爸爸嗎？」

「……」不會吧，她爸現在這麼厲害了？讀心術？還是遠端的？他察覺什麼了？難道他也看尹則的微博？不對，看了微博也不知道那個某人是指她啊！也不對，人家微博未必是指她啊！高語嵐的心亂了。

「妳談戀愛了吧？爸爸媽媽都知道了。」

「沒有，沒有，我跟他真沒什麼！」頂多就是小曖昧，她雖然天天吃他家的飯，不過她也有幫忙做事。

「怎麼沒什麼？明明感覺很不錯。」

「是啊，可是感覺不錯還是沒什麼。」雖然尹則真的像她生命中的英雄，為她拳打色狼，帶她踢館談判，可是，爸，你不知道，他是影帝啊，可不好對付。這樣的戀愛壓根兒沒法談，她正惆悵掙扎著。不對，不是掙扎，是正下決心呢，還是找個普通好男人就行，不過……、

「爸，你們怎麼知道的？」她明明沒有向家裡透露過半個字。

「哼，妳這孩子，我們知道的算晚了。」高爸嘴裡抱怨，實則難掩欣喜之意，「是小郭他爸說的，別的同事街坊都知道了，跟我道喜，我一問，哈哈，還真是，我跟他爸還喝了一次酒，慶祝了呢！」

高語嵐張大嘴，完全不明白她老爸說的是什麼？她跟尹則的事，怎麼小郭先生他爸會知道呢？還喝酒慶祝，慶祝個什麼勁啊？難道尹則和小郭先生是失散多年的親戚，認識之後就對上號了？

越猜越離譜了。

這邊高語嵐正亂糟糟，那邊高爸卻是接著說：「這事啊，爸媽很高興，你們好好發展，爸爸媽媽不會給妳壓力的。」

「爸……」這樣壓力就很大了好不好，她下的決心好像就被動搖不少。

「小郭這孩子不錯，我跟妳媽都滿意，你們能對上眼，真是太好了！」

等等，誰？

「小郭先生？」

「難道還有別人？」

「不，不，但是……」也沒有小郭先生。

高語嵐話沒說完就被喜孜孜的高爸打斷了，「小郭他爸前些日子去看他，有問他覺得妳怎麼樣？他說妳很好，而且你們還一起吃飯，妳還陪他去買了家具用品什麼的，還帶他認識了妳的朋友。他爸告訴我，你們現在可要好了。」

高爸喋喋不休念叨著：「小郭這孩子，穩重，有責任心，做什麼都是認認真真的，工作穩定，也沒什麼不良嗜好，真的很不錯，跟妳很配，你們今天能發展起來，也不枉我絞盡腦汁想著讓你們怎麼見上面，哈哈，真是太不容易了，我們老人家看著也高興！」

「我沒有跟他談戀愛。」高語嵐嚴肅地解釋：「真的，沒談戀愛。他送東西來，正好我跟朋友在一起，就認識了。他對這裡不熟，我就幫他一點忙，都是小事，我真沒跟他談戀愛。」

「好了，好了，沒談就沒談，那爸爸掛了啊，嘿嘿！」高爸語氣裡透著歡喜，那嘿嘿的笑聲更是讓高語嵐心驚。

我不是害羞啊，爸，我真的沒跟小郭先生談戀愛！

可是，電話已經掛掉了。

高語嵐焦急，她爸這麼篤定，那小郭先生的爸肯定也很篤定了。兩位老人家都篤定，那其他人更不用想。好多人還是這同學那同學的父母，也就是說，她的同學也會聽說她跟小郭先生談戀愛，那如果以後她帶回家的是別人……

誰會聽她解釋？她沒有腳踏兩條船，她明明……沒有跟小郭先生談戀愛。往事裡那一巴掌和辱罵又湧上心頭，高語嵐很慌，她害怕再一次發生那樣的事。

高語嵐坐不住了，她在房間裡走來走去，想了又想，決定先問問郭秋晨。

郭秋晨接到高語嵐的電話很開心，直說好久不見了，要不要一起去「書香甜地」坐坐？

高語嵐謊稱最近比較忙，郭秋晨頓了兩秒，「這樣啊……」

高語嵐覺得是不是自己多心，她怎麼覺得小郭先生的語氣裡透著失望？不會吧，他不會喜歡自己吧？之前完全沒感覺出來啊！

高語嵐小心翼翼，扯了些客套話後，鼓足勇氣進入正題：「我爸今天打電話跟我說，郭叔叔以為我們倆在談戀愛。」

電話那頭頓時靜了下來，高語嵐接著說：「可能是郭叔叔誤會了，你知道老人家總惦記著孩子的找對象的問題，所以有時候容易誤會，我爸也是這樣的，不過講清楚就好了。」

如果郭秋晨真對她有意，那這時候是他打蛇隨棍上的好機會，他會藉機跟她表白才對，可是郭秋晨並沒有，他期期艾艾，有些緊張，「對不起，真是抱歉，我沒想到他們會這樣，我會跟我爸他們說清楚的。」

高語嵐鬆了一口氣，也不知是因為郭秋晨並沒有喜歡她，還是因為他答應去澄清這事。她趕緊說：「對，一定要說清楚才好。不然老人家一旦當真，日後就更難解釋了，你說對吧？」

郭秋晨滿口答應，說一定會跟家裡解釋。

兩個人客氣幾句，掛了電話。

掛電話後，高語嵐還是有些不安，事情這樣應該沒問題了吧，都說清楚了。她又去刷了刷尹則的微博。他的微博更新了一條，是螃蟹大蝦等食材的照片，他寫道：「要做海鮮，看到螃蟹想起了某人。」

高語嵐心一熱，臉一紅。

呸，你才是螃蟹橫著走呢！

莫名的，她的不安不見了。

兩天後，星期六，郭秋晨打電話給高語嵐，說他父親誤會的事真的很不好意思，他想向高語嵐道個歉，他買了些吃的，順便帶些給妞妞和尹寧。

高語嵐不好推辭，何況人家拿尹寧和妞妞出來說，約的地方也是「書香甜地」，於是，高語嵐答應了。

郭秋晨不但帶了吃的，還買了玩具和書給妞妞。妞妞抱著禮物高興得不得了，小傢伙鬧著要去遊樂園玩，尹寧說不行，郭秋晨卻說小朋友多出去走走是好事，他有車子，也方便。

妞妞歡呼，最後尹寧拗不過，答應明天準備好了再去。

聊著聊著，尹寧又問要不要也叫上陳若雨？

陳若雨很樂意去，她還趁機追問了高語嵐孟古的情況。上次是說雷風名草有主，孟古情況待查，那如果孟古單身無女友，明天去遊樂園算不算一個大好的邀請機會？

高語嵐告訴她尹則不在，要邀請孟古會有些奇怪。陳若雨長嘆一聲，說明天一定要多玩兩圈才能治癒這心頭的傷。她那語氣把高語嵐逗笑，後一想，對比陳若雨的積極主動，自己是不是有些太消極了？其實，她也很想談戀愛啊！

很想，但有些怕。

尹則？尹則？她現在對他的感覺，是被追求的虛榮，還是心動？

晚上的時候，尹則打電話給高語嵐，他發了一個三天後某餐廳新菜試吃活動的宣傳資料給她，讓她幫忙整理發到部落格和論壇上。高語嵐想著，這應該就是他出差的工作了。

說完正事，尹則聊家常，他聽尹寧和妞妞說了，明天他們要去遊樂園。

「先說好啊，」尹則道：「我追妳是認真的，妳要是半路跟什麼小郭先生跑了，我不會放過妳的。」

「你是土匪啊？」高語嵐沒生氣，就是想說說他。

「要真是土匪就好了，那我早把妳敲暈扛回山寨做夫人去。」尹則說得無比認真，高語嵐氣都嘆不出來了。屬相是螃蟹，真的一點都不值得驕傲好嗎?演技滿分也不是太好的事。

高語嵐覺得這事真不能躲了，她要好好問一問。

「尹則，你說喜歡我，到底是喜歡我哪一點？」

「妳很可愛，跟妳在一起很開心。」

高語嵐靜默了一會兒，這答案出得太快略顯沒誠意，而且他的語氣她聽不出來究竟什麼樣的感情成分多一點。

「很可愛這個理由實在太差勁了，可愛的女生一抓一大把。」

「是嗎？」尹則的語調揚得高高的，「可是，只有一個女生會讓我覺得跟她在一起很開心。別人可愛，關我什麼事？」話尾那霸道的語氣真是男性氣概滿分。

高語嵐反應了一會兒才回過味來，心開始亂跳，這廝一定是手邊備著一本情話大全，或者他根本就是背了好幾本情話大全。

「尹則。」她決定把話說清楚，「尹則，我們認識的經過並不好，你說話總像是在開玩笑，我並不確定……」

「我很認真。」他打斷她的話。

「可很多時候你都一副在演戲的樣子，誇張愛鬧。你到我家找饅頭，演得一套一套的。而後是接回妞妞時，然後在尹寧姊店裡，反正很多次，幾乎每一次你跟我說話都是在開玩笑。」

「每一次我都忍不住想逗逗妳。」

「那你第一次來我家又不認識我，逗什麼逗，這樣很輕浮。」

「那次是……」尹則頓了一頓，「我真的有些激動，居然找到妳了。我差一點以為又錯過。我就是……」他清咳了咳，低沉的嗓音很好聽，「我就是有點緊張，然後我還生氣，因為妳居然不認得我了。又激動又緊張又生氣，就有些失態，表現不好。我那天回家後也反省了半天，後來就一直沒敢聯絡妳。可那天妳卻趕到公司去，我看到妳站在溫莎辦公室外面，又尷尬又生氣又緊張卻要裝出強悍的樣子，妳裝得一點都不成功。」

「所以你就喜歡我了？」高語嵐覺得有些不現實，一見鍾情這種事怎麼可能發生在她身上。

「嵐嵐啊，」尹則嘆息，他現在的語氣再嚴肅不過，再正經不過，再認真不過，「我是真的真的非常喜歡妳，一點都沒有開玩笑。我這人有時候是愛鬧了一些，尤其是對親近的人。對外人我很嚴肅的，如果讓妳覺得我不真誠，我道歉。我能感覺到妳也是喜歡我的，對不對？我的玩笑妳並不反感厭惡，妳喜歡和我在一起，妳也開心的，對吧？妳跟我姊和妞妞相處得也很好。所以，妳認真考慮一下，如何？」

高語嵐說不出話，她的心跳得快，「好」字她答不出口，「不行」也並非她的本意。

「讓我做妳的男朋友吧，我會對妳很好的。」尹則柔聲細語哄著。

高語嵐覺得臉燙得可以煎雞蛋，憋了半天，擠出一句：「那個……」

「嗯？」

高語嵐閉了閉眼，覺得太不公平，為什麼他的聲音這麼好聽，他不在面前，她也看不到他的表情眼神，只靠聲音，全憑她的想像了。

「晚安！」她承認她慫，她承認她不痛快，但她真沒膽現在做決定，她怕她後悔。

說完晚安就掛了電話，掛了之後就關機。

她得先冷靜冷靜。

可手機是關了，卻忍不住去刷他的微博。

很快，他更新了一則：「某人掛了我電話……」後面配了個哭臉。

高語嵐差點要撓牆，你是不是男人啊，居然在網路上搞撒嬌哭訴這一套！

微博下面很快出現一堆評論，有安慰他的，有調侃他的，更多的是問「這麼晚了做點什麼宵夜好」，或者是「我家冰箱只有這個那個你說能做點啥吃」，還有提問這菜那鍋怎麼處理的。

高語嵐笑了，這人愛開玩笑，沒點娛樂精神真活不下去，上來撒個嬌，下面淨是些扯後腿搗亂轉移話題的。高語嵐看評論就笑了半天，然後她沒忘記工作，把尹則要發的那個試新菜活動廣告做好發完，然後她睡覺去了。

第二天是星期天，風和日麗，陽光燦爛。

高語嵐的心情也有點燦爛，她不確定是不是因為昨晚尹則說的那些話。今天大家一起去遊樂園，本來就是很開心高興的事，所以未必是因為他。她這麼想。

然而，驅車前往遊樂園的路上，她滿腦子全是尹則，於是，她只能承認，今天心情這麼好，真的是因為他。

妞妞進了遊樂園後樂瘋了，尹寧一個人完全搞不定她。這時候，唯一的男士小郭先生發揮了重要的作用。他全程照顧，細心體貼，能跑能背能陪玩，還兼當攝影師，弄得尹寧很不好意思。而妞妞當場宣布今天她暫時移情別戀，少愛舅舅一點，多愛小郭先生一點，把大人們逗得哈哈大笑。

坐摩天輪的時候，高語嵐和陳若雨搭同一個觀覽廂。升到最高空時，兩個女生都很興奮。陳若雨說不知道在這裡許願靈不靈，然後她閉上眼合掌，真的許了。她說她希望工作順順利利，找到一個愛她的好男人。

高語嵐聽著她說話，耳邊響起的卻是尹則的聲音：「我是真的真的非常喜歡妳，一點都沒有開玩笑。讓我做妳的男朋友吧，我會對妳很好的。」

愛她的好男人……尹則當然算好男人，身體健康，照顧家人，事業有成，身材高大，相貌堂堂。他是好男人，而他說他喜歡她。

在這天空高處，高語嵐忽然心動。

她拍了張天空的風景照片發給尹則，然後寫：「我在摩天輪上，想起了你說的話。」

尹則很快回覆了：「然後呢？」

高語嵐想了想，又回道：「然後我覺得，有些話還是當面說的好。」當面說出來，看著對方的眼睛，這才有誠意。如果要戀愛，她就是全心全意的，一點都不開玩笑。

很快尹則又回覆：「我爭取快點回去！！！！！！」

一長串的驚嘆號讓高語嵐笑了，她想像尹則激動高興的樣子，配上這些驚嘆號，她又笑了。

陳若雨盯著她看，「嵐嵐，妳笑得這麼奔放，簡訊一定是尹老闆發的。還說你們不是在談戀愛，哼！」

高語嵐臉紅了紅，「還不算呢，差不多吧。反正，嗯……妳為什麼覺得我們在談戀愛？」

「他看妳的眼神簡直深情死了好不好？」

有嗎？高語嵐使勁想，只想到他眉飛色舞調侃她開她玩笑的樣子，眼神嘛，好像真沒注意，那下回一定要認真觀察一下。

高語嵐盼著尹則的歸期，卻又有些緊張，覺得他晚點回來她多些時間準備那也不錯。

尹則這段時間明顯心情很好，每晚與她通電話都能說很多話，從工作扯到今天穿的衣服、走過的路。而高語嵐不介意，她喜歡聽他瞎扯，好像再平淡無奇的事情被他說出來都挺有趣。

只是，她會害羞，很想跟他說要保重身體，別太累，但一直不好意思說。

那天掛了電話後，她猶豫了半天，打開簡訊輸入：「注意休息，別累著了，晚安。」只一句話，但她想了又想，刪了改改了刪，最後還是寫回了第一句，然後硬著頭皮點了發送。

尹則迅速回了條簡訊，只有四個字：「我很想妳。」

高語嵐捂著臉在床上打滾嗷嗷叫，明明她寫的話比較多，卻感覺他的四個字贏了。她覺得他們兩個好傻氣，可是卻又很開心。她把臉壓在枕頭上，覺得心裡甜得幾乎要化掉了。

手機簡訊又響，她點開看，還是尹則：「寶貝晚安。」

高語嵐紅著臉，把手機放在胸口，她想，她真的戀愛了。

不知道是不是戀愛加強了運勢，高語嵐也碰到了好事。

這天，她接到了從前合作過的一個雜誌社的電話。

雜誌社那邊要辦一個女性沙龍活動，講講色彩搭配、穿衣技巧和彩妝知識，是給雜誌會員提供的免費活動。既然是免費活動，預算當然不高，可雜誌走品牌路線，要求市場部找的活動場地不能太偏，環境一定要好，要符合雜誌的小資品牌形象。

原來一直合作的場地沒了，臨時緊急要找新地方，這可把雜誌社負責搞活動的小晴愁壞了，她跑了很多地方，環境好、地段好的，租金當然不少，遠一點的，交通不方便，會員也不樂意去。種種因素綜合起來，這活動眼看著就要流產。小晴沒辦法，到處打電話求救，這就找到了高語嵐。

高語嵐很快把自己認識的場所都想了一遍，最後想到了一個好地方。

她問清楚了小晴活動的預算和具體要求，然後去找了尹寧商量。

尹寧一聽是女性沙龍活動，又是著裝彩妝，大方點頭，「好啊，我這地方給她們用。」

「那這活動租金妳看收多少合適？」高語嵐問。

「租金？」尹寧眨眨眼，「不是妳朋友預算不夠才頭疼求人的嗎？那不要租金好了。不過，我這沒人手，上次服務生辭職後我沒再招人了。反正我這沒什麼客人來，租金就算了，她們自己派人手過來招呼就好。」

「不行，租金是一定要的，哪怕少收點也不能免費。這類活動一旦合作得好，雜誌社會繼續做下去，這樣妳的店定期就會有一筆收入。一旦免費，後面他們就會找各種理由繼續免費。每家公司都會說沒預算，但其實多少有些彈性。妳這店裝修雅致，有品味，很符合她們雜誌的品牌形象，加上地段好，交通又方便，公車站、捷運站都有，路邊還有停車位。店裡頭不大不小，做個四五十人的活動剛剛好。這些條件，她們再找不到更合適的了。場地費少收，但他們把客人引來了，妳的蛋糕、飲料方面還可以再賺一點。如果客人喜歡，回頭再來也不錯啊！」

尹寧聽得眼睛一亮，「嵐嵐，妳是說，我這店也能賺點錢嗎？老實說，我開了幾年店了，沒有一個月賺過錢。」

高語嵐一臉黑線，「幾年了沒賺過錢？那妳這店是怎麼經營下來的？」

「尹則付房租啊雜費啊什麼的，我就是賺點做烘焙和飲料的材料錢，打發打發時間，不那麼無聊。我那時候覺得人生好絕望，尹則就弄個店給我。我一開始也是很有上進心的，也努力想賺錢，可客人就是不多，然後拖到今天，我也沒注意帳目，反正是沒賺夠房租。」

尹寧說得輕鬆，高語嵐卻是聽得心疼了，這地段的店鋪，加上裝修、水電，一個月不少錢啊，尹則對這姊姊是有多寵，這麼養著店讓她打發時間。

「嵐嵐，活動這種事我也不太懂，我就是會做做烘焙、調調飲料，所以這事妳就全權負責吧，做成了，賺的錢歸妳。」

「不，不，這錢妳該收還是收。我跟那邊談談，盡力把這事談下來。」其實高語嵐很想跟尹寧說，大姊啊，妳怎麼能把錢推給別人，該賺就賺啊！想想妳弟弟幫妳養店多辛苦，妳不要錢也要想著把錢給妳弟弟啊！

可尹寧一派天真，高語嵐實在是說不出什麼來，做生意不容易，這事她知道。她下定決心，一定要幫尹寧把這筆生意談成，多幫尹則減輕一些負擔。

高語嵐出馬，與雜誌社那邊談了兩輪，帶人來看了場地，介紹了周邊環境。最後，雜誌社還是在錢上卡了卡。尹寧在旁邊很想說可以，但高語嵐事先有交代，於是她閉口不應。高語嵐裝作為難，把附近各處的場所租金和條件擺了出來，「書香甜地」的條件確實最合適，而租金才一半，小晴在一旁一個勁兒地幫腔。

高語嵐又提出這是一個長線合作，店裡可以長期放雜誌作宣傳，優先使用場地，會員享受折扣，又幫她們一連提了好幾個活動的設想。談了一個小時，雜誌社主管終於點了頭，當場定下了合約。

事情終於搞定。雜誌社的人走後，尹寧看合約看半天，簡直不敢相信，兩天工夫就賺了一筆錢。她抱著高語嵐歡呼：「哇，我第一次賺錢，我可以在尹則面前揚眉吐氣了！」

高語嵐也很高興，終於找回了久違的工作感覺。

簽合約只是第一步，實際操作活動要準備的事宜很多，時間非常緊。高語嵐從頭到尾盯著，每個細節都考慮，跑前跑後張羅，把雜誌社那頭也招待得服服貼貼，尹寧安心做糕點和準備飲料，妞妞也很開心地想幫忙。

活動那天是星期天，店裡收拾得乾乾淨淨，妞妞穿著新衣裳，幫饅頭也穿了身很萌的新衣服，陳若雨和郭秋晨聞訊也跑到店裡幫忙。

整個活動非常順利，雜誌社請的老師講得非常好，饅頭全場賣萌，那老師還即興用饅頭的衣服來為大家講解色彩搭配。饅頭咧嘴笑，還會轉圈圈展示，妞妞也當了一回小模特兒。

活動氣氛熱烈，互動很好，笑聲一片。

小晴高興得拉著高語嵐說這是她們會員活動最成功的一場，剛才主管有說下次接著辦。

高語嵐聽她這麼說，心裡也非常開心。

活動預計兩個小時，最後辦了三個小時才結束，大家盡興而歸。

妞妞在店裡幫忙收拾，嚷嚷著跟尹寧說下次還想玩，把其他幾個人都逗笑了。

高語嵐站在門口喘了一口氣，她這次可真是累壞了。

從談到活動舉辦總共才一週的時間，簡直像在打仗。

郭秋晨正巧出來抽菸，看她在那站著，就一起聊了聊。

兩個人正說著剛才活動的趣事，一片落葉打下來，落在高語嵐頭上。

郭秋晨隨手幫她摘了，還沒說話，一旁忽然聽得哈哈幾聲大笑：「你看你看，要不是來這一趟，還不知道他們這麼好吧？」

高語嵐和郭秋晨心裡一驚，轉頭一看，竟是郭爸和高爸。

原來這週末郭爸要開車過來探望郭秋晨，高爸也想著搭順風車來看看女兒，結果車子還沒有開到女兒住的社區，卻看見這兩個年輕人站在路邊說說笑笑，狀似親暱，兩個老人趕緊停了車過來了。

「爸！」高語嵐和郭秋晨同時叫著，兩個老人哈哈笑。

「我說老高啊，你看，我說這事就是十拿九穩的。我自己的兒子，我最清楚了。」郭爸開心得咧著嘴笑，又對高語嵐和郭秋晨說：「你們好好處，加把勁兒，要是覺得合適，我們兩家年底就把喜事辦了。」

高語嵐驚得目瞪口呆，郭秋晨在一旁忙說：「爸，你別瞎猜，沒有的事！」

「怎麼沒有？」郭爸板起臉，「那你為什麼開始注意形象，買這買那，愛買衣服了，又去健身了，心裡沒人家，你當你爸白活這麼多年了？」

一番話說得郭秋晨滿臉通紅，說不出話來。

郭秋晨戰敗，高語嵐對陌生長輩更是沒戰鬥力，只得傻呆呆站著。

郭爸豪爽地一揮手，「走走，先吃飯去，我開了幾個小時的車，也累了，邊吃邊說！」說完，不由分說把兩個年輕人拉上了車。

車子啟動，高語嵐猛地想起還沒有跟尹寧打招呼，她下意識看向店門，卻發現應該明天回來的尹則，提著行李袋站在那裡，正直勾勾盯著自己看。

高語嵐一下子僵住，車子開走，尹則在她的視線裡越變越小，直到再也看不見。

高語嵐頓時覺得喉嚨發堵，心慌得厲害。

尹則看到了多少？他會不會誤會她了？

高語嵐心亂如麻，郭爸在車子裡卻不停在問郭秋晨的生活和工作，又間接問問高語嵐的情況，聊得熱火朝天。

高語嵐興致缺缺，郭秋晨很尷尬，一個勁兒拉著他爸轉移話題。

高爸一改往日的粗神經，看出女兒不太高興，也趕緊陪著老同事扯東扯西，轉移注意力。

車子裡聊得這麼熱鬧，高語嵐的電話反而不好打了，她盼著趕緊到找個餐廳停下來，她好跟尹則和尹寧聯絡。

可剛找了個地方，車子還沒停穩，高爸接到個電話，一聽之下，大吃一驚，竟然是高媽急性腹痛，鄰居幫忙送到醫院去了。這會兒正在做檢查，說是有可能急性闌尾炎。

這下子把高爸和高語嵐嚇了一大跳，家裡沒別人，要是得動個手術什麼的，那可怎麼辦？

於是，飯是沒法吃了，郭爸趕緊說他開車把高爸和高語嵐送回去。郭秋晨則生怕老爸開太長時間的車，身體吃不消，不安全，便說自己開車送，他再坐夜間客運回來，不會耽誤隔天上班。

如此很快就把事情定下，郭秋晨跑去買速食店的套餐給大家在路上吃，高爸趕緊聯絡隔壁的鄰居再問問具體情況，說他們馬上就趕回去。

高語嵐下了車，走到一旁打電話給尹寧說了這情況，為自己不辭而別道歉，接著偷偷問了問尹則怎麼樣。尹寧說不知道，他就是露了個臉，把饅頭領走了。

高語嵐心裡忐忑，但還是撥通了尹則的電話。

尹則很快接了，問她現在在幹麼。他的語氣聽不出情緒，這讓高語嵐心裡更加不安。她期期艾艾地說了媽媽病了，她要跟爸爸趕回家去。尹則「嗯」了一聲，問他們怎麼回去。高語嵐咬咬唇，小聲說：「小郭先生開車送我們回去。」

「那好，妳自己多小心。伯母是什麼病，送哪個醫院了？」

尹則這麼問，高語嵐又急了，「你信我，我媽真的病了！我跟小郭先生沒什麼的，就是家裡誤會了，也不是我讓他們誤會的……」她越說越委屈。

尹則在那頭沒作聲，過了一會兒，嘆了口氣，「妳啊，別以為所有男人都跟妳那混帳前男友似的。妳擔心我不相信妳的時候，其實就是因為妳沒有相信我啊，妳對我沒信心，是不是？」

高語嵐不知說什麼好，他們相處的時間不長，好像剛確定心意卻又差了一點什麼，他們甚至還沒來得及當面表白，肯定彼此的關係。當初初戀長達七年，婚及論嫁，以為此生只此一人，也是因為這種事被人一巴掌拍出了愛情的世界，要說她不介意，很有信心，那真的是在騙自己。

高語嵐張了張嘴，不知道說什麼好，只得喚了一聲：「尹則。」

「妳既然理直氣壯，就該對我說，喂，你聽好了，我現在要回家看我媽，我不在的時候，你要守身如玉地等著我，要是敢有一點歪心思，我回來打斷你的腿。」尹則學著女生傲嬌的語氣說話，把高語嵐逗笑了。

尹則接著訓她：「結果呢，妳這個笨蛋，卻擔心我以為妳撒謊。妳就是運氣好，碰上我這樣睿智大度百裡挑一千年不遇的好男人……」他那種痞子調調又出來，高語嵐忍不住微笑。

「如果是那些沒腦子的，還以為妳這委委屈屈的表現是心虛呢！」尹則訓完，忽地一轉語調，說道：「嵐嵐，妳要有自信，要抬頭挺胸，要微笑。」

「嗯。」高語嵐用力點頭，心裡頭滿滿的都是感動。

「我問妳媽是什麼病，送哪個醫院，是想說孟古一家子醫生，在醫院這個圈子人脈廣，如果正好碰到那醫院有熟人，可以打聲招呼幫忙照顧。你們回去還要幾個小時呢，那邊有醫生關照，你們也安心，對吧？」

高語嵐趕緊把母親的情況說了，這時身後的高爸在叫：「嵐嵐，快一點，要出發了！」

高語嵐應了一聲，急急忙跟尹則說：「我得走了，呃……我不在的時候，你要守身如玉地等著我，要是敢有一點歪心思，我回來打斷你的腿。」她照搬照學，可惜沒半點氣魄，說得小小聲，像個小媳婦。

尹則在電話那頭笑了，「好的，妳去吧，回來了一定要好好檢查我的身體，看我是不是守身如玉，要認真仔細地查。」

「呸！」

「妳自己多保重，回去看看是什麼情況。別慌，照顧好家裡。我馬上聯絡孟古，如果能幫上忙，一會兒聯絡妳。妳也得顧好自己的身體，如果需要我過去陪妳，妳就來個電話。」

「嗯……嗯……」他說一句，她就應一聲。

高爸在車子旁又叫，高語嵐雖捨不得，但還是說了：「我掛了，回頭空了再打給你。」

尹則應了，等著她掛，高語嵐卻在最後一刻忍不住又說了句：「我想你了，尹則。」

「妳這女人，怎麼這麼狠心，離開我的時候才說想我……」

他把氣急敗壞演得很好，高語嵐被逗笑了，「我得掛了。」她掛了電話，心情轉好，之前那個心慌意亂的女生也不知道是誰。一路上高爸焦急不安，高語嵐反倒是冷靜下來安撫他。

上路四十分鐘後，尹則打電話給高語嵐，說那醫院的院長正好是孟古父親的同學，關係很好，已經打了招呼。沒多久高爸也接到鄰居的電話，說醫院主任特別來看了高媽，認真檢查了，也安排好了病房，同時囑咐護士多照看。鄰居又問高爸是不是有熟人？

高爸看看高語嵐，只說是朋友幫了忙。

鄰居說現在高媽情況還好，讓他們別著急，路上開車要小心。

高爸鬆了一口氣，拍了拍女兒的手。

郭爸安慰說這下好了，不用急了。

高語嵐偷偷發簡訊給尹則：「謝謝你。」

過了一會兒，尹則回覆：「這麼見外？親親妳。」

高語嵐心虛得趕緊把手機蓋上，怕被旁邊的高爸看到，接著她看向窗外，偷偷臉紅了。

過了許久，高家父女終於到了醫院。高媽果然是急性闌尾炎，正在病房打點滴。這病需要手術，高語嵐細細問了病情，高爸顫著手簽下了手術同意書。醫院科主任過來聊了幾句，讓他們放心。

之後的事情就是等待。高爸心疼老婆，一想到高媽生病的時候他沒在旁邊守著，不久又要在手術房裡受苦，眼淚就忍不住嘩嘩落下了。

高語嵐張羅著各種事，跑前跑後交錢辦手續，感謝幫忙的鄰居，給自己那「深情」的老爸買水買面紙，又謝過郭爸和郭秋晨，讓他們先回去了。最後一切辦妥，各項身體檢查報告也下來了，高媽可以動手術，又一輪等待後，高媽被推進了手術室。

高語嵐買了晚飯回來，可兩人都吃不下。漫長的等待很是熬人，高語嵐等啊等，坐不住了，站到角落發簡訊給尹則，告訴他母親正在手術中。

尹則很快回覆：「讓丈母娘加油，回頭我做好吃的給她補補。」

高語嵐被逗笑，回道：「你這馬屁拍得有點早。」

「有資格拍就行。」

高語嵐又笑了，跟他說話真的會開心。

她還在想下一條簡訊發什麼，就聽到了高爸的呼喚，手術結束了。高語嵐急匆匆跑回去，看到高媽被護士推出來，手術順利，高語嵐父女倆的心這才安穩下來。

這晚，高爸在醫院陪床，把高語嵐趕回家休息。高語嵐拗不過他，想想也確實需要回家拿些衣物用品，煮點飯菜帶過來，於是就回去了。

下了公車，還要再走半條街才到家。高語嵐站了一會兒，滿身疲憊，腦海裡傳來尹則的聲音：「我願意讓妳做螃蟹，妳願意讓我做咖哩嗎？」高語嵐笑了，想到他就想笑。

「我願意做妳的胸脯肉，妳願意當我的肋骨嗎？」真的好好笑，高語嵐一邊想一邊笑，腳下也輕盈起來。

不經意地轉頭，卻發現對面遠遠走來兩個再熟悉不過的身影。

鄭濤、齊娜。

一個前男友，一個前閨蜜。

鄭濤的手插在口袋裡，正低著頭講電話。齊娜挽著他的手臂，兩個人挨著一起走著。

高語嵐身體頓時一僵，停了腳步，側轉身背對他們，下意識撥了尹則的電話。

尹則接了，而渣男賤女正在逼近中。

「尹則，我看到他們了。」

「誰？」

「就是那兩個。」高語嵐聲音小小的，害怕那兩人走近會聽到。

尹則居然聽懂了，「妳在哪兒？」

「正往家裡走。」

偶遇？尹則又懂了。

「妳這個包子，妳能再慫一點嗎？妳把時間浪費在理他們身上，妳不覺得愧對人生嗎？」

她沒理他們啊，她就是看到他們，心裡有些緊張、波動和生氣。

「連一個眼神都不要浪費給他們，他們是個屁！」尹則在電話那頭非常有氣勢，「我更新微博了，妳去看！」

什麼？怎麼一秒轉移話題。

高語嵐道：「回家再看。」

「妳記住啊，妳男人比那渣男好一百倍，妳可以看他們一眼，記得用憐憫的眼神。」

高語嵐噗哧一下笑出聲來，「你不要鬧！」眼角餘光看到鄭濤、齊娜走過來了。

鄭濤掛了電話，轉眼看到了她，愣住。齊娜也隨著他的視線看過來，頓時臉上一僵。

「他們看到我了。」高語嵐沒躲沒閃，保持姿勢不動，跟尹則說道。

「是嗎？看妳了？趕緊對他們比中指！」

高語嵐哈哈大笑，她從那兩人身邊走過，看都沒看他們一眼。她走過去，心完全在尹則這邊：「你別搗亂，我馬上就到家了，回去就看你的微博，你寫了什麼？」

「不告訴妳。」尹則故作神祕，然後嘆氣：「妳一定沒有比中指，真遺憾！」

「喂，我是淑女好嗎？」高語嵐腳步輕快，把鄭濤、齊娜拋到腦後，從來沒這麼痛快，什麼都不用做，能開心自然地把他們無視掉，真的太爽了！

跟尹則聊了一路，到家了，她把電話掛斷，開電腦上網，找到尹則的微博。他約八點多的時候更新微博，應該是跟她互通簡訊之後，他發的是一道菜——四喜丸子。

「今天很想做的菜——四喜丸子。喜歡妳的認真，喜歡妳的可愛，喜歡妳的迷糊，還喜歡妳的小聰明。」

高語嵐臉又紅了，這樣太犯規了，甜言蜜語得令人髮指啊，還篡改名菜的含義。

下面的留言評論簡直不敢看，但她還是忍不住看了。有人問這菜的做法，有人說已經迅速奔部落格找了食譜打算明天做給女朋友吃。有人哀嚎廚神變情話王子這畫風太不對了，還有人問分手做什麼菜才好。

高語嵐只看了兩頁評論就差點笑岔了氣。

過了一會兒，尹則打電話來問她：「看了嗎？感動嗎？」

高語嵐裝模作樣，「嗯，是比那什麼『妳是冬瓜我是蝦，纏纏綿綿進湯碗』要強一些。」

「……」

這天晚上，高語嵐笑著進入了夢鄉。

接下來的日子，因為高媽的病，高語嵐家裡醫院兩頭跑。高媽住院五天，很多親友都過來探望，郭爸和郭媽也帶著水果和營養品來了。期間又誇起高語嵐懂事孝順，大有公公婆婆看兒媳婦的架勢。眾人一起起鬨說好，說郭秋晨也是個好孩子，高郭兩家有福氣，孩子天生一對什麼的。

這話越說越離譜，礙於人多不好落了老人家的面子，高語嵐只是低頭不說話或藉故走開。

高爸看出些意思來，便也不跟那些朋友們說鬧，但這些人都是多年好友，又是來探病的，他更不好當面反駁，只好裝傻。

之後高語嵐和高爸終於把高媽接回家。某天夜裡，父女倆在陽臺吹吹小風聊聊天，高爸特意把話題轉到了感情問題上，高語嵐趁機交代了情況。

「爸，我遇到一個很好的男人。他沒有高學歷，也不是太有錢，他還有一個姊姊和一個外甥女要照顧。他養了一條小狗，很可愛。他開餐廳，還欠著銀行貸款，可是我很喜歡他。」

高爸嘆氣，「女兒啊，這是什麼時候的事，怎麼妳一點風聲都沒有？」就覺得她說她跟小郭不是一對的時候反應不對，原來是這樣，他要是早點知道就好了。

「我也是剛知道沒多久。」

高爸一臉黑線，喜歡人家了才剛知道？

「那……你們定下來了嗎？」

「嗯，算是定了吧，我這次回去見到他就會定了。」雖然現在心裡是認定了，但是沒有當面確認總覺得差點什麼。

高語嵐咬咬唇，想到尹則，不知道當面說願意跟他交往時，他會是什麼反應。

「他叫什麼名字？就是那個幫我們找醫院關係的人嗎？」

高語嵐把尹則的名字說了，又說自己是去他姊姊店裡遇到他認識的，然後交代了尹則的情況，醫院這部分確實是尹則找了朋友幫忙。

「他對我很好。」高語嵐為尹則說話。

「好，好。」高爸心裡又是喜又是憂，女兒有了喜歡的人，這是再好不過，可他之前跟老郭這麼張羅，小郭似乎也有那麼點意思了，女兒現在說有了別人，他還真是不好對老同事交代。

「妳喜歡的那個人，跟小郭比，怎麼樣？」

「這要怎麼比？」高語嵐呆了呆，「小郭先生很好，有禮貌又體貼，可是我對他沒有那種感覺。尹則他……」她頓了一頓，「尹則吃過苦，愛開玩笑，家裡條件，按你們老一輩的想法大概不算好吧。他缺點還是很明顯的，可是，他喜歡我，我也喜歡他。爸，我不開心的時候，他總是能讓我變得開心。」

這番話說得沒什麼道理，邏輯也亂，高爸卻是聽懂了。這就跟他家老太婆似的，人長得不漂亮，又愛嘮叨，還有些小脾氣，缺點一大堆，可他就願意跟她一起過日子。

高爸看看女兒，心裡一嘆，咬牙說道：「嵐嵐啊，最重要的是他對妳好，妳自己也喜歡。以前妳受了委屈，爸看著妳難過，什麼忙都幫不上，爸心裡難受。妳自己一個人在外地，爸心裡明白是為了什麼。這次無論如何，爸是站在妳這邊的。兒女的感情事，我去跟老郭好好說一說，就算是得罪了人，爸也不怕。」

高語嵐心裡感動，她家老爸的性子她是知道的，老好人一個，從來不跟人翻臉，如今這情勢看起來，那郭叔叔家裡是當真的。小郭先生是悶葫蘆，也不知道解釋清楚沒有？她爸這麼跟人家說，指不定真的是得罪人的事。那些難聽話，她是聽過的，沒想到臨到頭了，她還得連累她爸媽一起聽。

她一把抱住高爸，「爸，對不起。」

「是爸爸不好，爸爸太心急了，爸爸以為幫妳找了個好對象，沒想到卻是添亂了。」

父女倆坐在月下，各自反省自己。說著說著，又都笑了起來。

月光很亮，高語嵐覺得自己的生活也變得明亮光彩起來。

接下來的兩個禮拜，高爸還得去上班，高語嵐就在家裡照顧高媽。高爸似乎在公司遇到些不順心的事，有些愁眉不展。高語嵐懷疑跟她有關，又不好直接問，於是託了高媽打探。

高媽告訴她，高爸有跟郭爸說兩家兒女的事，惹得郭爸很不高興，說郭秋晨都沒說什麼，倒是他高家挑三揀四的，弄得關係有些僵了。

高語嵐聽了這話，心裡非常難受。她打了電話給郭秋晨，請他再幫忙跟家裡說清楚。郭秋晨沒想到事情會這樣，一個勁兒地道歉，答應會跟他爸再好好說說。

時間過很快，高媽身體恢復得差不多，老兩口就趕高語嵐回去。這天週末，郭秋晨回來看望父母，正好也要回去，主動說順路把高語嵐接回去。

有順風車坐總比擠客運強，高爸和高媽很高興，把女兒送出去。

「工作要加把勁找，雖然爸媽還養得起妳，但妳自己得有個生活目標。」女兒的脾氣他們知道，雖然溫吞，但骨子裡是要強的。

高語嵐點點頭，應了。高媽又說：「那個男的，妳好好相處，再觀察觀察人是不是真的好。找個時間帶他回來，讓爸媽看看。」高語嵐也點頭應了。

說話間，郭秋晨到了。他停了車，過來幫高爸把小行李袋放到後車廂。高爸客氣地謝過，郭秋晨很不好意思地說：「是我給您添麻煩了，我爸脾氣不好，高叔多擔待。」

「哪裡哪裡，我們這麼多年老朋友了，客氣什麼！」

兩老兩小正說話，社區裡走出來一對母女，年輕的那位是高語嵐的高中同學，她媽媽則和高爸是同事。

那媽媽看這情形，呵呵笑道：「喲，女兒和女婿又要去外地了！老高，你好福氣，小郭真是好孩子，要不是你下手快，我也要搶來做女婿！」

高語嵐那同學很尷尬，瞟了高語嵐一眼，用手肘捅捅自家的媽。那媽媽嘿嘿笑，揮揮手跟著女兒走了，留下那兩老兩小乾站著，也不知說什麼好。

最後，郭秋晨說時間差不多，還是快走吧，四人這才揮手告別。

車上，郭秋晨直說對不起。高語嵐嘆氣，人言可畏啊，她早幾年就是見識過的。

原本氣氛一直不好，高語嵐心裡鬱悶，可半路上就接到尹則的電話，催問到哪裡了，又說要她先到他的餐廳去，他要第一時間見到她。

尹則的聲音安慰了高語嵐，她高興起來，為即將能見到他充滿了期待。

第二章

該換妳征服我的肉體了

高語嵐坐著郭秋晨的車，來到了尹則的餐廳。門前沒停車位了，就往前開，正好停在了「書香甜地」門口。尹則早早在門口等著，看見車子到了，一路跟到車子停，然後一個箭步衝過去，打開車門，把高語嵐拉了出來。

「總算是回來了，我們分開好久，有沒有，有沒有？」他抱著她在人行道上轉圈圈，嚇得高語嵐大叫「快停下來」。

尹則哈哈大笑，順了她的意，把她放下來，卻在她唇上用力一啄。

妞妞在店裡聽到動靜，也拉開門衝了出來，她先是撲向剛下車的郭秋晨，一把抱著人家的大腿就喊：「郭叔叔，去遊樂園好不好？」

剛喊完話，就看到舅舅把高語嵐放了下來親一口。小娃娃當機立斷，放開郭秋晨，撲向尹則，「舅舅，我也要親親！」說完就仰高了小臉蛋，小嘴嘟成豬哥狀等著。

尹則心情很好，把小丫頭抱起來也親了一下，看看在一旁傻笑的高語嵐，忍不住把她攬過來再吻一吻。

妞妞瞪大了眼睛認真問：「姊姊，妳要跟妞妞搶舅舅嗎？」

高語嵐愣了一愣，不知道要怎麼應付小朋友。饅頭跟著湊熱鬧，抱住高語嵐的小腿，仰著小腦袋看著她，好像在幫著一起問。

尹則替她解了圍，他親親小朋友的小臉蛋，說道：「什麼搶舅舅？那是妳舅媽。」

高語嵐臉一紅，拍尹則一下，「別亂說！」

妞妞瞪大了眼睛，看看尹則，又看看高語嵐，然後扭著身子要下地。

尹則放開她，小傢伙直衝到郭秋晨身邊，一把抱住他的大腿，「小郭叔叔，我失戀了，我失戀了，我舅舅被姊姊搶走了，太傷心了！這麼小就經歷失戀，我的人生太可憐了，現在只有遊樂園能安慰我了……」

饅頭聽不懂妞妞在說什麼，但是見此情景，也跟著過去抱著郭秋晨的腿，反正先抱著，興許能撈到好處。

郭秋晨看著一左一右抱著自己腿的兩個小傢伙，真有些哭笑不得。他左手摸摸妞妞的頭，右手揉揉饅頭的小腦袋，想半天，憋出來一句：「你們乖啊！」

「嗯！」妞妞用力點頭，「妞妞可乖了！小郭叔叔，去遊樂園吧！」

饅頭也緊了緊小爪子，把郭秋晨的腿抱得更緊了，好像在想這人摸牠腦袋了，下一步也許就是給吃的。

郭秋晨對這兩隻小的真是沒了辦法，他兩腿不能動，只得到處張望找人救援。

尹寧抱著雙臂靠在門口看熱鬧，尹則拉著高語嵐說話，眼角都不瞧這邊。

妞妞還抱著郭秋晨的大腿在喊：「遊樂園！遊樂園……」弄得郭秋晨頭真疼。

鬧了半天，郭秋晨實在沒了辦法，只好說：「妞妞去問問媽媽，叔叔聽妳媽媽的，媽媽要說能去，叔叔就帶妳去。」

妞妞聽了這話，轉頭回去看尹寧。

尹寧挑挑眉，意思很明確，這大下午的，不安分點等飯吃，是想怎樣？

妞妞抿緊小嘴，轉頭回來跟郭秋晨說：「小郭叔叔，你是男子漢大丈夫，要有主見。我媽媽又不是你媽媽，你不用聽她的。」

郭秋晨被小朋友的話繞得一愣，很快又反應過來：「我是不用聽她的，可是妳得聽啊！」

妞妞瞪眼看他，猛地又轉頭，大聲告狀：「媽媽，小郭叔叔說他不用聽妳的話！」然後轉過頭來，翻舊帳：「那你剛才說你要聽我媽媽的，這麼快又說不聽我媽媽的，你到底是聽還是不聽啊？」

郭秋晨啞口無言，尹則這時候善心大發，過來幫郭秋晨解圍，他扒開妞妞的手，把她交給尹寧，對她說：「妳折騰小郭叔叔沒用，搞定妳媽才是關鍵。」

妞妞振振有詞：「那我自己搞不定媽媽，先搞定小郭叔叔，再讓小郭叔叔搞定媽媽，不就行了嗎？」

郭秋晨滿臉通紅，偷偷看了尹寧一眼。

尹寧似乎沒注意他，她正敲妞妞的腦袋，「妳今天鬧了一天了，再淘氣，媽媽不理妳了！」

「為什麼今天不能去？人家上次去遊樂園，已經過了好久了。」妞妞還是鬧。

「舅舅沒空，媽媽沒車。」

「那小郭叔叔有空又有車。」

「總之，今天不能去。」尹寧拉著妞妞進店裡，一邊走一邊招呼臉紅紅的郭秋晨進來坐。

郭秋晨很想動，可腿還被饅頭抱著。

尹則推推高語嵐，「去，把我們那隻小呆狗領來，我得回去幹活了，妳陪著我。」

高語嵐嘴裡嘀咕著饅頭又不是她的狗，一邊還是很聽話地過去把饅頭抱走了。

饅頭戀戀不捨地看著郭秋晨，郭秋晨忍不住摸摸自己的臉，他到底哪裡吸引這隻小狗了？

高語嵐一邊跟著尹則往他的餐廳走，一邊問：「饅頭是什麼狗啊？」

「笨狗。」

「牠多大了？」

「不知道。」

「多少錢買的？」

「路邊撿的。」尹則笑，「當時我手上拿著饅頭，牠跟了我一條街，所以撿回家就叫饅頭了。我運氣好，在路上也撿到妳了。」他攬過高語嵐，在她臉上親一口。

兩個人越走越遠，郭秋晨聽得隻言片語，心裡很是羨慕。他忽然想起來饅頭為什麼突然喜歡他了，他背的包裡，有給妞妞帶的牛肉乾。

按妞妞的理論，搞定了叔叔，叔叔再搞定媽媽，她就成功了。那如果他搞定了女兒，女兒再搞定媽媽，他是不是也會成功呢？

一個大他三歲，又帶著個孩子的女人。有著可憐又慘痛的經歷，卻像朵溫室裡的花，單純、可愛，透著熟女的風韻。

這麼矛盾，又這麼令人著迷。

郭秋晨嘆氣，他知道這不容易，他也不想，可原來感情這種事真是不由自主。

他看看尹則攬著高語嵐走進餐廳的背影，自己也挺起胸膛，走進「書香甜地」。

尹則的餐廳裡現在正是忙碌的時候，臨近飯點，訂好餐的客人再過不久就該到了，所以廚師和助手們已經開始做準備。

高語嵐身為一個「閒雜人等」，在這麼多人工作時走進廚房很不好意思，她小小聲問尹則：「你們這麼忙，我先走了好不好？我在家裡等你好了。」

「不行，我要看到妳。」尹則大大方方帶她進他的辦公室，當著她的面換上工作服。

高語嵐抱著饅頭跟在他屁股後頭轉，「那我在這裡會打擾到你們吧？你在忙，我自己待著也很無聊。」

「妳把饅頭放在牠的小柵欄裡，我拿東西給妳吃，拿雜誌給妳看，一會兒妳幫我送飯到我姊那裡去。」尹則交代得理直氣壯，連怎麼使喚她都想好了。

高語嵐看著廚房裡那些工作人員偷偷打量的目光，有些臉紅，想了想，也不駁他的意，答應了一聲，把饅頭放到休息室的柵欄裡去。

她陪饅頭玩了一會兒，出來看到小桌上有兩盤點心，尹則對她眨眨眼，用嘴形努著指了一下那張桌子。高語嵐被他的表情逗笑，尹則又嘟起嘴扮豬哥狀，來個鬼臉飛吻。高語嵐臉紅，急忙跑到廁所洗手。

她對著鏡子，發現自己的臉好紅，眼睛好亮。鏡中人的笑容，似是在笑話尹則和她膩膩歪歪。她洗了手，用冷水拍拍臉，打算冷靜一下再出去。

高語嵐待夠了，轉身開門，卻不料一頭撞到一個男人身上。

她聽見那人嘻嘻的笑聲，抬頭一看，就是尹則。

尹則把她又推進廁所，隨手把門關了，然後抱著她，二話不說吻了下去。

高語嵐嚇了一跳，外面全是人，而且這裡是廁所，雖然打掃得乾淨如五星級飯店，但它始終還是一間廁所。

她用力捶尹則的背，尹則卻是輕輕捏她的頸脖。

高語嵐張嘴想說話，尹則的舌頭卻是趁機探了進來。

這無賴！

高語嵐又捶了一下他的背，換來的是更緊的擁抱和更深的吻。

這人真討厭，真是討厭！她一邊想，一邊配合他輕輕轉頭。

他的舌頭纏著她的，她好想咬下去，卻捨不得，結果變成了越纏越深，嬉戲逗弄。

尹則親個沒完，吻完了換輕啄，沒完沒了。

高語嵐又羞又急，好怕外面有人會進來，於是用力拍他，「菜要糊了！」

「讓它糊，糊了扣他們薪水。」

「你真討厭！」

「妳真可愛。」

「別鬧，出去了！」

「哪有鬧？我是進來吸收工作動力的。某人說，有些話要當面對我說，結果我一等等了一個月，差點沒憋成神經病。」

高語嵐臉紅。

「好了，現在見面了，妳快點說。」尹則雙掌撐在她的兩耳旁，把她困在臂彎中，臉挨得近，大有說得不順心就要咬一口的架勢。

高語嵐只覺得自己臉紅得快滴血。設想中應該是她瀟瀟灑灑把話放這，然後他……嗯，然後他什麼反應她一直沒想到。現在她看到了，他反應急切，而她被他的急切羞得說不出話。

「快點，菜要糊了！」他用她的話催她。

「呃……就是，那個，現在氣氛不太好。」而且是在廁所！廁所！她絕對不要在廁所表白！

尹則瞪她，「我跟妳講感情，妳跟我講氣氛？」

高語嵐抿緊嘴，勇敢地回視他。

沒錯，她是在講氣氛！她是女生，她想在一個浪漫的地方跟他表白。

尹則瞪她，瞪著瞪著，忽又吻了下來，「隨妳，討厭鬼，反正我也不差那句話。」他吻得很深，把她抱得很緊，高語嵐忘了這裡是廁所，忘情地回應他。

然後，有人敲門，「老大，我想用廁所。」

熱吻中的兩個人倏地分開。高語嵐紅著臉用力瞪尹則，看吧看吧，都說廁所絕對不是個談情說愛的好地方，就算它很乾淨很華麗也一樣，現在怎麼辦？

尹則嘀咕著抱怨，轉身朝門口去，「妳收拾好了再出來，不著急。」接著他開門出去了，高語嵐隱約聽見他訓外頭那人：「樓下沒廁所嗎？就這間能用？」高語嵐捂住臉，在心裡哀嚎，這下真是臉丟盡了。

高語嵐緩了一緩後照照鏡子，無論如何還是得出去的，被笑話就笑吧，她短期內不再踏進這餐廳的大門就對了。鏡子一照，她繼續哀嚎，鏡子裡那個臉紅透透，一看就是徹底被吻過的女人，怎麼出去見人啊？

高語嵐洗了好幾次臉，覺得不怎麼看得出來了，這才鼓足勇氣打開門。還好，外頭的人都沒注意她，似乎都非常忙碌。高語嵐快速朝尹則的辦公室奔去，途中偷眼一看，只有尹則抬眼對她笑，其他人目不斜視，看不到她。

他們是故意的吧？

高語嵐在辦公室裡躲了好一會兒，聽到外面各種切菜洗菜炒菜的聲音，不時有廚師吆喝喊話催促，還有互相呼應做菜準備和上菜情況的對話。

高語嵐就在這樣的聲音裡慢慢平靜下來。

她和尹則，真的開始談戀愛了呢！

她覺得有些不可思議。

之前明明很討厭他的，可是現在她會想他，她有不開心和煩惱，只要他說說話，就能把她逗笑了。高語嵐咬咬唇，這一次，應該能愛很久吧？可以不止七年吧？畢竟，尹則跟鄭濤完全不一樣，而她，也與當年不同了。

她恍惚著，猛地額頭一痛，被彈了一記，定睛一看，是尹則。也不知他什麼時候過來的，高語嵐揉揉額頭，這才反應過來她發呆過頭了。

「想什麼呢？」

「鄭濤。」高語嵐下意識老實回答，看到尹則眼一瞇，一臉不高興，趕緊把後半句吐出來：「和你。」

「我跟他不來電。」尹則大大咧咧一揮手，「別想著幫我們相親，我看不上他。」

說得像真的似的，高語嵐白他一眼，「又瞎說！」

尹則笑得放肆，那眉眼神情分明在說「就愛瞎說，怎樣」，可他嘴裡說的是：「張嘴。」

高語嵐聽話地把嘴張開，尹則丟了一塊肉進她嘴裡，「好不好吃？」

肉很嫩，味道鮮美，好吃得讓高語嵐瞪圓眼睛，猛點頭。

她的反應讓尹則很滿意，他笑著又夾一塊到她嘴邊，「好吃就再吃一塊，順便把妳腦子裡的『鄭濤資料夾』刪掉。」

高語嵐瞇眼笑，張嘴把那塊肉吞了，又點頭。

尹則再餵她一口，又說：「好吃吧？有沒有征服妳的胃？」

高語嵐還是點頭。

尹則又餵了一口，接著說：「那吃了我煮的飯，被我征服了胃，下一步該換妳征服我的肉體了吧？」

高語嵐剛要點下去的腦袋迅速抬了起來，差點噎著。

她白了尹則一眼，尹則笑咪咪地端茶讓她喝，看她喝完了，又挪了個盤子到她面前，裡面盛著五六樣菜，每種菜色都只有一點點，但看起來頗豐盛。

尹則再次示意她張嘴，高語嵐卻一把搶過他手裡的筷子自己吃。

尹則坐她旁邊，小小聲說：「我伺候得好不好？」

「不好。」遞個菜就叫伺候了，哪有這麼便宜的事？

「怎麼不好？我偷菜給妳吃，怕妳餓著了，這種事要是被發現，會被扣薪水的。」他聲音壓得低，說得好像真有這麼回事似的。

高語嵐白他一眼，也壓低聲音問：「要扣多少？」她也會裝。

「扣多少啊……這要看老闆娘的意思了。」尹則笑著，痞痞地用肩膀撞撞高語嵐，暗示著老闆娘是誰。他眼角的細紋讓高語嵐好想伸手去摸，然後她就真的伸手去摸了。

「摸了我，妳就得負責。」

「你居然有皺紋。」

兩個人各說各的，不過這次是尹則落敗。他的笑意僵在臉上，然後慢動作似的將悲傷凝聚起來，要多委屈就有多委屈，「妳吃著人家的，摸著人家的，還嫌人家老。」

高語嵐笑了，「你是比我老啊！你是三十歲，還是三十幾歲？」

尹則還沒說話，那邊有個廚師叫「老大」，尹則刷的一下站了起來，「我不是因為忙才走的，我是因為被妳傷害了才走的！哼哼，妳記著！」他跑開，聽那廚師說了幾句，然後兩個人一起動手，也不知道是什麼菜。

高語嵐一邊吃東西，一邊忍不住笑，她也有能贏的時候。之後高語嵐吃飽了，要去送飯給尹寧她們，臨走前，尹則把餐盒交給她。她趁旁邊沒人，踮了腳尖他咬耳朵：「我喜歡你，

我願意做你的女朋友。」沒等尹則反應，她飛快轉身就跑。剛跑下樓梯就聽到尹則咬牙切齒大叫她的名字，她哈哈大笑，跑得飛快，心情舒暢。

高語嵐到「書香甜地」的時候，妞妞正跟郭秋晨在擺撲克牌玩接龍，尹寧在跟一個女生說話，高語嵐一看，居然是上次在飯店碰到的，尹則說是他妹妹的那個。

高語嵐找了張桌子，把飯盒放下。

尹寧帶那個女生過來打招呼：「嵐嵐，這是我妹妹，叫尹姝。」

尹姝臉紅紅，有些害羞，又有些局促，「妳好，我叫尹姝。那個，哥哥跟我提過妳。」她頓了一頓，似乎不知道該說什麼。

高語嵐點點頭，握握她的手，「尹則也跟我提過妳。」

「是嗎？」尹姝很驚訝，低了頭，飛快地說：「我、我就是順道過來看看，呃……有帶些禮物，那什麼，認識妳很高興，嵐嵐姊。」

高語嵐心裡想著這尹家小妹妹還真是害羞，她趕緊也回句客套話：「很高興認識妳。」尹姝似是不想久留，等高語嵐說完這句，她轉身跟尹寧道：「姊，我先走了，妳們忙吧。」

「要不要留下來吃飯？」尹寧留她。

「不了。」

「那要不要去尹則那裡打聲招呼？」

「不了，我到時再打電話給哥哥。」尹姝抬頭又看看高語嵐，對她笑笑，說道：「對不起，我先走了。」接著轉向郭秋晨和妞妞：「郭先生，我走了。妞妞，小姨走了。」

妞妞揮舞小手大聲回道：「小姨拜拜！」

打完一圈招呼，尹姝很快離開。

尹寧把一個紙盒遞給高語嵐，說是尹姝送她的禮物，本想放下就走，沒料到高語嵐會出現。

「送我的禮物？」高語嵐很吃驚，「為什麼要送我禮物？」

尹寧笑得曖昧，「也許是過來討好一下未來的嫂子？」她用肩膀撞撞她，「你們到底成了沒？尹則說在等妳的話，不過，今天看起來是不是不用等了？」

高語嵐臉一下紅了，是不用等了，今天已經確定了。不過，那尹姝還真是客氣，都沒見過面就要送她禮物。

晚飯後，高語嵐、郭秋晨還沒走，坐在尹寧店裡陪尹寧母女喝茶吃蛋糕。高語嵐是為了等尹則，她覺得尹則忙完了一定會過來找她。果不其然，快八點的時候，尹則跑來了。

妞妞第一時間撲過去抱住他，大聲叫喚：「舅舅，舅舅……」

「哎喲，小寶貝，妳好熱情，舅舅好愛妳！」尹則將妞妞高舉起來轉了兩圈，妞妞開心地咯咯笑，然後用力地在尹則臉上親了一記。尹則也嘟起嘴，在她的小臉蛋上回親一個。

兩個人鬧了一會兒，尹則把妞妞放下來，轉向高語嵐，張開了雙臂，「來來，剛才妞妞的示範妳看清楚了嗎？妳也來！快歡迎我，把舅舅改成我的名字就行！」

高語嵐傻眼，想像著她撲上去大叫「尹則，尹則……」接著尹則把她舉起來轉圈，很噁心地對她說「哎喲，小寶貝，妳好熱情，我好愛妳……」兩個人你親我一下，我親你一下。

高語嵐驚起了一層雞皮疙瘩，猛搖頭，不行，堅決不行。

「怎麼了？我保證我臂力夠，一定能把妳舉起來的。」尹則拍拍自己的手臂。

高語嵐繼續搖頭，開玩笑，她就是知道他肯定臂力夠，她也知道這傢伙再噁心的戲碼也能演出來，這旁邊還有大人和孩子當觀眾呢！不不，就算沒觀眾，她也絕對不能跟他合演這齣「喜相逢」！

話說回來，其實今天她剛回來的時候，尹則抱著她在人行道上轉圈，那個已經很超過了，當時她有些激動沒在意，現在這樣絕對不行。

尹則兩手插腰，腳尖打拍子，表示對高語嵐很不滿意。

妞妞站在他身邊，也兩手插腰，腳尖打拍子，小娃娃把她舅舅的德性學了個十足十。

末了，妞妞說：「舅舅，姊姊笨，學不會，妞妞比她強。」

「是的，妞妞，還是妳最聰明。」尹則一臉遺憾。

「哦，舅舅！」

「哦，妞妞！」

「嘿，你們兩個，鬧夠了沒有，這裡還有客人呢！」身為兩個戲骨之一的姊姊和另外之一的媽媽，雙重身分的尹寧終於看不下去了，出聲制止。

「舅舅，媽媽要拆散我們！」妞妞一個猛撲，抱住尹則。

「放心，妞妞，有舅舅在！」尹則嘴裡說得氣勢如虹，卻是用手把妞妞一提，交到了尹寧的懷裡。他自己大大咧咧擠到高語嵐身邊，拿她的杯子喝了一大口茶。

「辛苦了，影帝。」高語嵐這話說得很誠懇。

妞妞伸手拿叉子挖了一大塊蛋糕送進嘴裡，然後對尹寧說：「媽媽，妳也誇誇我嘛，像姊姊那樣！」

尹寧幫她捋了捋頭髮，嘴裡說著：「姊姊沒在誇舅舅。」

尹則捂心口，對高語嵐說：「妳看，妳對我的虛情假意，別人都看出來了！」

高語嵐拍拍他的肩，「節哀啊妳！」

尹則瞪眼，郭秋晨和尹寧噗哧一下笑出聲來。

「妳學壞了，學壞了！」尹則埋頭在高語嵐肩窩，一副悲痛欲絕的樣子，「把人家那個嘴笨又傻氣但是又很認真地覺得自己挺聰明地努力想反擊但是基本反不出什麼花樣來的呆萌呆萌的嵐嵐還回來啊！」

他一口氣說完，中間都不停頓，把在場的四個人聽得一愣一愣的。

大家安靜下來，高語嵐想了想，認真問尹則：「你能把剛才那句話完整再說一遍嗎？我覺得你自己都記不住說了什麼詞。你再說一遍，我看看我想得對不對？」

尹則張了張嘴，他確實記不住剛才都說了哪些詞，那些都是即興的話，脫口而出，這麼一長串，見鬼的他才會記得住！

但是，他家嵐嵐是又損了他一記嗎？

他瞪著她看，其他幾個人哈哈大笑，高語嵐想想也覺得好笑：「啊，你真的也記不住！」

尹則彈她腦袋瓜兒，「我出了醜，妳有什麼好高興的？走走，陪本大爺散步談戀愛去！吃完飯要活動活動，不然長小肚子了，我嫌棄妳！」

「我哪有小肚子？」高語嵐哇哇叫，摸一摸腹部，好吧，好像是有一點點肉……

尹則拉她起來，「走了，走了，散步談戀愛去！」

「我也要去，我也要去，我也要散步談戀愛！」妞妞又來勁了，跑過來抱著尹則的腿。

「哇，哪裡來的大燈泡？」尹則摸摸妞妞的頭，好像真的在摸電燈泡。

「我也要去！」妞妞很堅持。

「電燈泡她娘，妳管不管啊？」尹則向尹寧求救。

「電燈泡她舅舅管不了，她娘也沒辦法。」尹寧在旁邊純看戲找樂子。

尹則低頭，對上電燈泡姑娘忽閃忽閃的大眼睛，小娃娃一臉可憐相，尹則彎腰把她抱起來，「好吧，大燈泡，妳要用力閃光，照亮妳家舅舅幸福的前路，知道嗎？」

「嗯！」妞妞笑開了顏，用力點頭，還大聲指揮：「出發！」

高語嵐笑著跟在他們身後，妞妞卻不滿意，「姊姊，過來牽牽手。」

「牽什麼手？那是妳舅舅我要拉的。」

「不要，舅舅抱我，姊姊牽我的手。」

「妳這樣是什麼姿勢啊，店門都出不了啦！」尹則試圖跟電燈泡講講理。

「橫著走就能出。」

「不行，我又不是螃蟹！」

一大一小說說鬧鬧，後面還跟著一個笑彎了腰的高語嵐，折騰半天終於出門了。

尹則抱著電燈泡一邊走，一邊心想，這年頭，想散步談戀愛也不容易啊！他決定回店裡接一個小電燈泡，讓小電燈泡陪著大電燈泡，就能牽上嵐嵐的手了。

看著他們出門，尹寧笑得肚子痛。

郭秋晨趁機誇道：「妞妞真是可愛！」

「是啊，我家妞妞很聰明呢，就是有點太淘氣了。」

「帶她一定很辛苦吧？」

「還好，多虧她一直陪伴我，要不是有了她，我差點連活下來的勇氣都沒了。」尹寧微笑著說起往事，那笑容讓郭秋晨直心疼。

「那個男的，還有來找妳麻煩嗎？」

尹寧一想，明白過來他指的是誰了。

「有啊，他之前發了律師函，說要妞妞的撫養權，後來又說不要了，但是想復合。」尹寧聳聳肩，像說家常一樣，郭秋晨卻是聽得心裡一顫一顫的。

「他、他一定是想哄妳帶著妞妞再跟他，他不是真心對妳的，他想要妞妞而已。」他緊張得有些結巴。

尹寧笑笑，「小郭先生，你放心，好多年前，我就徹底看明白了，我不會回頭的，他現

在無論說什麼都沒用了。」

「那就好，那就好！」

「其實，他比之前變了很多。像上次過來打人那件事，以前的他，是不會做得這麼幼稚這麼失態的，後來幾次找我，也是反反覆覆，完全不像以前那麼從容淡定。尹則說，他是真的孤獨，他戰戰兢兢，所以會反覆無常。」尹寧托著下巴，淡淡地說：「要是這樣就太好了，他活該。你放心，尹則不會讓他再欺負我的，我跟以前也不一樣了。」

「那……」郭秋晨很想問，如果那個男的真的變了，妳會不會心軟，可一想這話問得沒意思，於是及時打住。

「我不會心軟的。」尹寧似乎明白他想問什麼，「無論他現在變成什麼樣子，是好的還是壞的，都跟我沒關係。過去他傷害我，就是傷害了，不管他現在做什麼，都不能改變這個事實。」已經發生過的事，是回不了頭的。

郭秋晨點點頭，努力再想下一個話題。

尹寧似乎對郭秋晨的經歷也有興趣，問：「小郭先生沒有女朋友吧？」不然嵐嵐她爸也不會想撮合他們。

「沒有。」郭秋晨說著，有些不好意思。

「那過去也一定談過戀愛吧？是個什麼樣的故事呢？」

郭秋晨一呆，想了半天，「其實沒什麼特別，那時候年輕，面對挫折沒有太大的勇氣，我父母不是很喜歡她，鬧了一場，我也沒有勇氣爭取，後來她嫁給別人，我還去參加婚禮。」

「你後悔嗎？」

「後悔。」

「所以你還愛著她？」

「不是，我只是後悔我的態度，我傷害了她，也傷害了自己，我做錯了。我懦弱退讓，雖然照顧了家裡的情緒，但這麼多年我再回想，我覺得我大錯特錯。也許我當年努力爭取也未必能與她走到最後，但起碼我努力過。現在回想起來，我很後悔自己曾經是懦夫。」

「沒關係，人慢慢長大了，都會勇敢的。」

「嗯，我希望是這樣。」

剛入夜的林蔭道，行人三三兩兩。

妞妞牽著饅頭在前面昂首闊步，尹則與高語嵐手握著手走在後面。兩人一路不語，只握緊了對方的手。高語嵐覺得心裡甚是寧靜安祥，竟覺得就是這樣一直走下去也很幸福。

妞妞在前頭跟饅頭嘰嘰咕咕地說話。

「這個不能吃了！」

「不許咬垃圾！」

「叔叔的腿不能亂抱哦，你又不認識人家！」

「饅頭你沒骨氣，看見塑膠袋就跟人家走！」

高語嵐一邊聽一邊笑，尹則轉頭看看她，戳她腦門，「傻樂！」

「哪有傻？」高語嵐揉額頭，跟著妞妞和饅頭拐了個彎，往店的方向走。

尹則忽然伸手指向街對面的酒吧，「妳看，妳就是在那裡為了吸引我的注意力而打了我，還搶走饅頭。」

高語嵐看過去，想起自己當初大聲嚷嚷要找個男人的糗事，臉一紅，「你自己沒用，被個女生打殘了，還被搶走狗，你好意思說，我都不好意思聽呢！」

「呵，現在神氣了啊？當初也不知道是誰一把鼻涕一把眼淚地哭訴是自己喝醉了，被人陷害了，一時腦子發熱神志不清才幹下壞事的！現在不哭訴了，倒是反咬一口啊！」尹則捏她的鼻子，就喜歡看她被欺負得小臉皺成包子樣。

「哪有鼻涕眼淚？」高語嵐用力拍開他的手。

「我要多給妳餵些好吃的，不能讓妳的臉瘦下來。」

「你的心是有多變態？」

「臉蛋圓嘟嘟的才可愛。」

「瘦了你就不要我了？」

「要的，只是要關起來餵圓了才行。」

兩人你一句我一句地鬥嘴，不知不覺已經走到「書香甜地」的門口。

妞妞轉身，抱著饅頭，一臉鄙視地看著兩個大人，「你們說的話真沒營養，好無聊！」

說完，小屁妞抱著小呆狗，昂著頭進店裡去了。

「她吃醋了。」尹則下結論：「嵐嵐，妳一定要加把勁，不能輸給妞妞，不然男朋友被一個小屁孩搶走，妳多沒面子？」

「我一直都沒面子，沒關係。」

「妳不能對自己要求這麼低。」尹則忍不住又去捏她的臉。高語嵐拍開他，他忍不住在她臉上啄一下。她臉紅，那害羞的樣子讓他長嘆一聲，拉她進懷裡，深深吻住。

這個吻很溫柔，高語嵐一時情迷，忘了地點，直到聽見旁邊有口哨聲，頓時心驚，嚇得猛地一推。尹則也不知怎地沒站好，竟一下子就被推倒。他身後就是人行道旁的綠化帶，他的腳絆在花圃的臺階上，整個人倒在小樹叢裡，發出很大的聲音。

高語嵐完全沒料到自己有如此神力，目瞪口呆，傻了幾秒，然後反應過來，趕緊去扶尹則。

尹則哼哼唧唧地爬起來，一臉菜色，動了動腳踝，覺得有些疼。

高語嵐滿心愧疚，又羞愧又難過，戀愛第一天不會就把男朋友推跑了吧？她一個勁兒說對不起。旁邊幾個路人哈哈大笑，高語嵐無地自容，好想哭。

尹則轉頭，微眯眼瞪那幾人，那些人不敢笑了，摸摸鼻子趕緊走人。

「對不起，我不是故意的。」高語嵐用肩架扶著尹則往「書香甜地」走，「你的腳怎麼樣，有沒有扭傷，對不起，對不起……」

「幹麼推我？」尹則倒不是怪她，只是納悶好端端的，她是怎麼回事？他左右看看，用眼神逼退幾個看熱鬧的。

「我也不知道，就是突然想到這是在大街上，然後旁邊有人那樣在看……」高語嵐後悔死了，現在這情形，可是比當街親吻還要引人注目。

她就是個倒楣蛋，又蠢又倒楣！

兩個人進了店裡，尹寧大吃一驚，「這是怎麼了，不是在門口聊天嗎？我還在想你們要聊多久呢！」

「都是我不好。」高語嵐第一時間低頭認錯，「我推了他一下，不小心……」

「好了，又沒人怪妳。」尹則捏捏她的臉。

「你的腳還痛不痛？」高語嵐像個小媳婦一樣，扶他在椅子上坐下。

尹則想說不太痛，但高語嵐捏了捏他腳踝，他痛得吸口涼氣。

高語嵐拉起他褲管認真看看，好像是有一點點腫了。

尹則嘻皮笑臉地逗她：「看了我的玉腿，妳要負責的！」

高語嵐撇嘴，「你的玉腿全是毛。」她心裡正難過呢，這人還逗她，真討厭！

尹則啞然，尹寧哈哈大笑，郭秋晨也沒忍住，但他還是理智地想到了一個現實問題，「要不要我開車送你去醫院檢查一下，這扭傷可大可小的。」

「對，對，去醫院檢查！」高語嵐馬上附和。都是她不好，她真的後悔死了。

尹則看她一臉擔心，嘆口氣，如果他說不去，她應該會嘮叨個沒完吧？

於是，郭秋晨和高語嵐送尹則去醫院掛急診，尹寧留在店裡看著妞妞和饅頭。

醫院當然是就近去了孟古的那家，尹則本以為那廝早下班了，結果這傢伙今天有手術，這麼巧就沒走。以尹則與他的熟識程度，護士當然是馬上通知了孟古。

孟古來了，帶著讓人很想一腳底印在他臉上的笑，「哎喲，看看這是誰來了？」

「你大爺！」

「大爺腳傷了？大爺怎麼每次都腳傷呢？大爺你缺鈣嗎？」

兩個人照例一見面就互損，可高語嵐不樂意了，她皺著眉頭，認真嚴肅，「先檢查這腳傷什麼情況？要貧嘴看完病再說。」

一句話把兩個男人都訓了，尹則馬上閉嘴，孟古摸摸鼻子，賤嘴隊隊友都認慫了，他也不好對隊友家屬說什麼。他乾咳兩聲，把尹則扶到病床上，脫了他的鞋仔細看，一邊看一邊小聲說：「哎，她氣勢強好多，你培養的？」

「還沒來得及，她自己進化得快。」

「這怎麼傷的？」

「她推的。」

「怎麼回事？兩次都是她啊！」

「緣分啊，要來的時候擋也擋不住。」

「你太死相了，好想揍你。」

「你動我一根指頭試試，她可是會替我報仇的。」

兩個人一邊看病一邊竊竊私語，講的全是跟腳傷無關的話，偏偏兩人私語的聲音還挺大，讓同在診療室裡的高語嵐聽得清清楚楚。

「你們能專心一點嗎？」她忍不住要說了一句，好想換醫生，明明有急診醫生的！

「專心！」兩個死男人接著又聊了幾句只有他們自己才懂的八卦，然後孟古開始寫病歷。

高語嵐仔細問傷的情況，孟古說不重，就是會腫個幾天，腿腳不方便一段時間，每天擦擦藥什麼的就好了。

高語嵐將信將疑，尹則卻是笑笑。

孟古一臉受傷地瞪著高語嵐，「妳可以懷疑我的人品，但是不能懷疑我的醫術！」

高語嵐一臉黑線，她又看了看尹則的腳，腫得比之前大些，但他精神還好，她想想應該也是沒什麼大事，就出去叫了郭秋晨進來一起扶尹則出去。

「就這樣走了？」孟古一臉捨不得。

尹則咧個嘴給他看，「想怎樣？」

「嘴賤好久沒遇到對手了，好不容易來一個，真捨不得讓你走。」

「我有新歡了，現在對你沒感情。」尹則揮揮手，撐著郭秋晨的手臂下了地，另一隻手則攬過高語嵐的肩。

孟古弄了個輪椅過來，送他們出去。

郭秋晨去取車，孟古忽然問高語嵐：「哎，妳那個朋友最近怎麼樣了？」

「哪個？」高語嵐不明所以。

「若雨啊，她最近怎麼樣了？」

「不知道啊，我今天剛回來，前一段時間在老家。」

孟古聽了這話，皺起眉頭，「那她在這裡還有什麼朋友？」

「不知道。」

孟古的眉頭皺得更緊，「妳不是她最好的朋友嗎？怎麼什麼都不知道？」

高語嵐怔怔看他，孟古又問：「那她的新號碼妳一定也不知道了。」

「她換手機號碼了？」高語嵐確實不知道，她掏出手機撥給陳若雨，居然是空號了。

高語嵐的眉頭也皺了起來，「她發生什麼事了嗎？」

「她前陣子替她的一個客戶出頭，爭取保險什麼的，結果惹了麻煩，被人打了。正好是送到我們醫院來看傷的，結果我多問她幾句，她就跑了。後來我打她電話，她換了號碼。」

高語嵐聽了這話很擔心，「她沒有找我啊，會不會出什麼事了？她的傷重嗎？」

「傷還好，就是事情做得比較蠢，犯不著她替人家出頭。我問她，她說不能眼看著人家被誣陷拿不到保費，可是她跑什麼跑，躲我幹什麼？神經病！妳要是找到她了，幫我罵她兩句。」

「幹麼幫你罵？有本事自己罵。」尹則回嘴。

高語嵐皺著眉頭，總覺得哪裡怪怪的。

說話間，郭秋晨開車過來了，高語嵐扶尹則上車，然後跟孟古告別。

半路上，高語嵐終於反應過來，問：「孟醫生怎麼有若雨的電話？」

尹則答道：「若雨好像展開攻勢了，我聽孟古說她去看了幾次病，每次都沒什麼事，孟古挺不高興的，說她浪費醫療資源。」

「那，就是他倆不來電嗎？」

「應該是吧。孟古大概是喜歡那種嬌柔型美女，若雨大大咧咧的，看起來挺豪邁，應該不是他的菜。」

高語嵐心裡嘆氣，想著剛才孟古說的，陳若雨是為了替她的客戶出頭，她說不能看著別人被誣陷拿不到保費。高語嵐看看手機，想到三年前她收到若雨的那條簡訊，簡訊上說：「對不起。」

那個時候，只有陳若雨替她說了話，只是很快就被別人駁得回不了嘴。

「對不起。」

那個時候，只有她發了簡訊給她，雖然內容簡單得不能再簡單。

高語嵐很擔心陳若雨，她換了號碼，沒理由不通知她，會不會真出了什麼事？

第三章

把包子寵成女王

高語嵐在想要不要問問陳若雨家裡，又怕陳若雨沒事自己反倒把人家家裡嚇到了，而且陳若雨的母親很厲害，總斥責陳若雨，她怕給陳若雨惹來麻煩。

坐在尹寧店裡苦思，高語嵐這麼一操心就想嘆氣，抬眼一看，尹則跟尹寧正在小聲說話，尹寧說：「不是說好了，等嵐嵐一回來就聘請她的嗎？你怎麼還沒提？」

「光顧著談戀愛，忘了。」尹則理直氣壯。

高語嵐一愣，「有公司要請我上班嗎？」可是她並沒接到電話，難道是尹則他朋友的公司需要人，他們推薦她了？

尹則和尹寧對視一眼，尹寧端正坐好，對高語嵐說：「嵐嵐啊，有件事想跟妳商量。」

她這麼鄭重其事，高語嵐有些緊張，也跟著坐好，答道：「好啊，妳說。」

店的另一邊，是郭秋晨在陪妞妞用紙牌玩接龍，饅頭正在旁邊搗亂。尹寧看了他們一眼，確定這邊的談話氛圍不錯，也沒有孩子和狗狗會來搗亂，於是就說了：「是這樣的，我這個店呢，開了幾年了，從來沒有賺過錢。這樣下去也不是辦法，總讓尹則往裡墊錢，我也實在是過意不去。」

高語嵐點點頭，這個店條件很好，是不應該一直賠錢的，而且尹則這樣養著這個店，實在不是長久之計。

尹寧接著說：「我這個店呢，妳也知道，客人很少，這裡除了環境好之外，其他的東西確實沒什麼優勢，我自己做些蛋糕麵包，每天的量也不大，飲料種類很少，也沒有簡餐什麼的，之前有請過服務生，但是我自己不太會管，生意也沒有因為增加了人手就好起來。」

尹寧說到這頓了一頓，看了尹則一眼，「尹則也說了，是我請的人職位不對，沒有發揮提供改善消費需求的效果。我還請過一個店長的，作用也不大。她是那種傳統咖啡店的思路，所以就是要求提供產品，糕點、咖啡、茶、簡餐等等，這樣店裡的人手一下子要增加很多，我算了一下……」

她說到這，看見尹則挑挑眉，抿抿嘴，改口道：「好吧，是尹則算了一下……」她想想不服氣，對尹則撇嘴，「可是我也有發表看法，你說的那些也是我想的。」

高語嵐聽到這也明白了七八分，以尹寧的性子，讓她像外頭正經咖啡店糕點師那樣高強度工作，做糕點做簡餐，然後招來了客人跑前跑後招待，她根本做不來，再加上還有妞妞要照顧，所以以她為中心做個生意忙碌能賺錢的咖啡店是不可能的。

如果再請一堆人手，又是店長又是師傅又是服務生，加上提供多種餐飲產品服務，整個的投資又太大，風險更高，而尹則自己那邊就很忙，顧不上這頭，要是這邊賠太多，那恐怕還會拖累他其他的生意。

尹寧接著說：「總之就是，這筆投入太大，而且也沒什麼盈利的把握，再者說，如果照她的那套方法做，我在這店裡也沒什麼用了，會很無聊，也沒什麼成就感。」

她說到成就感，高語嵐有些想笑，尹則是明目張膽地笑出來，就連那邊的郭秋晨也咳了幾聲，他大概也一直豎著耳朵在聽。

尹寧回頭瞪郭秋晨一眼，又瞪尹則一眼，接著對高語嵐說：「上次妳在這裡辦的那個活動，那邊公司把錢打過來了。」

高語嵐點點頭，這個她知道，小晴有打電話給她，還說下個月的活動會繼續在這裡做。

「那錢我留了一份出來，想著等妳回來就給妳的。」

「啊？」高語嵐連連擺手，「不用，不用，說好了就是幫妳拉個生意嘛，她們後面還會做活動的！」

「錢是要給的，這都是妳的功勞，妳最辛苦，這個不用爭。其實我想說的是，我把這事告訴尹則了，他說這樣挺好的，傳統的咖啡店我做不來，書店呢，就是賠錢貨，但這兩樣配合起來做成沙龍的話，就會適合我了。」

沙龍？

高語嵐看看尹則，想了想，這個地段、這個場地，再加上能提供的服務，確實不錯。

尹寧又說：「嵐嵐，妳也知道，我沒怎麼工作過，沒什麼人脈資源，我人也比較懶散……」她說到這，尹則咧著嘴笑，尹寧橫了一眼過去，伸手拍他一下。

尹則舉起雙手作投降狀，尹寧這才接著說：「所以我想請妳來店裡做店長，妳負責談生意接活，我負責守店，做蛋糕調飲料。呃……如果工作比較多的，我們再請別人。」

高語嵐一下呆住，指著自己道：「請我？」

「對，請妳來當店長，妳來規劃安排店裡的生意，我就做我能做的事。」

高語嵐張大嘴，半天沒說出什麼來，她腦子裡已經快速在轉著，評估著這事她能不能做。

這時候，尹則開口：「所有能用的資源妳都差不多知道，妳家也離得近，上班方便，相比較我姊這個敗家的，店交給妳我更放心一些。妳可以想一想，這裡還能做什麼。我是覺得沙龍不錯，那些雜誌的活動，其實策劃出來我們自己也能做，那些女人喜歡的玩意兒，妳們比較清楚，行銷招募的管道我這可以幫忙。當然，這只是一個建議，妳可以多考慮。」

高語嵐有些興奮了，不為別的，這工作確實能讓她發揮所長，她能發展的空間很大。

尹則又說了一個數：「這是薪水，跟妳之前在公司裡做企劃差不多，然後每個月看業績還可以抽成，勞健保什麼的都包括在內，還管吃。如果我們發展順利，以後還管住……」

他說到最後嘻皮笑臉，高語嵐反應了一會兒才明白他的意思，不禁紅著臉瞪他一眼，然後她又有疑慮了：「你不會是同情我一直沒找到工作，才這樣說的吧？」她可是知道她家影帝先生大男人，養姊姊養外甥女毫不推辭，他想把女朋友一起養了她也不會意外。

「當然不是，我知道妳做事很認真，不會拿這個跟妳開玩笑，我想養妳，還用不著給妳工作。來這上班也有三個月試用期，妳之前談成的那個雜誌合作，可以繼續進行。妳看，一來就有現成的專案做，這店裡有錢賺，怎麼會是同情妳才這樣安排的呢？」

高語嵐抿抿嘴，尹寧拉她，「嵐嵐，來吧，我這麼多年沒賺過錢，就靠妳來替我揚眉吐氣了。我們聯手，會比尹則賺得多。」

「哼哼！」尹則揚揚眉，「我把財務報表給妳看，妳能把以前虧的賺回來我就偷笑了，還要賺得比我多呢！」

尹寧不服氣，「以前你都說不介意，現在又來抱怨我虧錢了！」

「以前是沒指望妳能賺，抱怨有什麼用？我也一直想這店該怎麼辦，這不，嵐嵐給了個思路，加上她的策劃和執行力，我再給妳們一次機會。」

「好！」高語嵐重重點頭，「我接受了。」她拉著尹寧的手，「我們兩個，一定要把這個店轉虧為盈！」

「好，那就這麼定了！」尹則當即拍板：「我養傷的這幾天，嵐嵐妳要照顧我，先不用上班，趁著這功夫，妳做一份業務規劃報告給我。」

高語嵐還沒說話，尹寧張大了嘴，「業務規劃報告？那是什麼東西？為什麼要做？」

「沒這東西，我怎麼知道還要撥多少錢給這個店，要調配什麼資源，要請什麼人手。」

「哦，這樣呀……」尹寧不說話了，反正她從來沒弄過。

高語嵐點頭，「行，我這幾天做一份出來。不過，我要知道餐廳和農場的情況，看有什麼資源可以讓我用。」

「可以，但要用也不是免費的，這兩家都是獨立營運，財務分開，妳要做什麼，也得提前申請，該承擔的也得承擔。」

尹則這話說完，尹寧又張大嘴，「好小氣哦……」

高語嵐卻是點頭答應：「行。」

尹寧看看高語嵐，覺得她似乎很有自信，於是也挺起胸膛：「嵐嵐，那我們全靠妳了。」

高語嵐笑，「好，我們加油！」

「好了，好了，現在正經事談完了，好累，各回各家，各找各親吧。」尹則伸伸懶腰，一副懶洋洋的樣子。

「你回去了，小心不要再傷到腳，睡前還要再抹一次藥，知道嗎？」高語嵐趕緊囑咐。

尹則瞪她，「我回哪去？我要去妳家住。」

「什麼？」高語嵐嚇一跳，「幹麼去我家住？」

「我不去妳家，妳怎麼貼身照顧我？」

「你就是扭到腳，不用這麼誇張吧？就是每天擦擦藥，注意不要再傷到就好了。孟古大夫都說，靜養幾天就好。我每天都去看你，好不好？」

「不好。我腳殘呢，怎麼上樓下樓？」

「有電梯。」高語嵐覺得這都不是問題。

「我家是樓中樓，我住樓上，爬不上去。」

「怎麼會？用爬的其實還是可以的。」高語嵐剛說完就被尹則瞪了，她趕緊改口：「要不，用跳的也可以，你還有一隻腳是好的。」

「喂，喂，妳這女人，怎麼這麼凶殘？」

「好嘛，我先送你回去，把你安頓好，擦完藥我再回家，明天一早就去看你，好不好？」

「不用了！」尹則一甩頭，「不用妳送，我自己回去，然後讓妳都見不到我，讓妳傷心！」

高語嵐有些發愣，轉向尹寧，「他是三十一歲了，不是一十三吧？」

尹寧光顧著笑，沒答話。

尹則捂心口悲痛，「還嫌我老，還提我的年紀，還諷刺我幼稚！」他說完撐著桌子站起來，「傷心了，腳還痛得要死！回家了，回家了，妞妞寶貝，饅頭寶貝，我們回去了！」

高語嵐趕緊過去扶他，尹則一邊把全身重量都壓她身上，一邊口是心非：「不要妳扶，妳不收留我，我不想理妳！」

高語嵐不跟他計較，和尹寧一起扶他出店門，然後郭秋晨又主動要求當司機去開車。

尹寧鎖好店門，帶上兩個小的。

上車的時候，尹則耍孩子脾氣，他跟高語嵐說：「妳願意收留我，我才讓妳跟！」

高語嵐抿嘴，覺得很委屈，哪有這麼幼稚當有趣的？

「那你自己多小心，要記得擦藥，上樓的時候注意腳，別摔了。」說完，她拿了自己的小行李袋，對他們揮手告別。

尹則糗得在車上乾瞪眼，這女人，竟然就這麼走了！

高語嵐當真是頭也不回，她一邊走一邊想：「懶得慣你，讓你再幼稚！」她決定明天再打電話給尹則，他要是乖一點了，明天就去他家看看他。

很快到了家，高語嵐坐在沙發上發呆，坐了不到五分鐘，就開始惦記那個影帝，不知道他家遠不遠？他到家了嗎？那樓梯他爬上去了嗎？

算了算了，還是不管他，身邊這麼多人照顧他呢，她還是想想陳若雨好些。如果不能打電話給她家裡，還能怎麼辦？

正發愁，手機響了，不認識的號碼。

高語嵐心一跳，難道是陳若雨？

結果不是。

對方支吾了兩聲，高語嵐皺了眉頭，正不耐煩，卻聽到對方說：「嵐嵐，我是洋洋。」

高語嵐一愣，「洋洋？」她當年的好友之一，不過出了那件事後，因為她的「不知廉恥」、「裝模作樣」、「陰險心機重」，洋洋跟她的其他朋友一樣，站在了鄭濤那一邊。

青梅竹馬的壞處就在於，妳的朋友一定也是他的朋友，是非擺在面前的時候，這些朋友們一定得選一邊站。

而她，是腳踏兩條船的無恥壞女人，所以在她的這一邊，只有自己孤伶伶的影子。

隔了這麼久，為什麼洋洋現在會打電話給她？

「嵐嵐，對不起，好久沒聯絡了。」洋洋在電話那頭話說得小心翼翼。

「是很久沒見了，找我什麼事？」高語嵐咬了咬唇，心裡也很緊張。

「我、我……」洋洋支吾著：「我是打電話問了好幾個人，才問到妳家裡的電話，然後再跟高叔要到了妳的電話。」

她答非所問，高語嵐皺起眉頭，又問：「妳找我有什麼事？」

洋洋沉默了一會兒，說：「嵐嵐，是這樣的，若雨她，她其實也在A市。」

高語嵐眉頭皺得更緊，洋洋繼續說：「嵐嵐，當年是我們對不起妳，但是那時候的情況妳也看到了，我們也不好說什麼。若雨幫妳說話來著，但是鄭濤那個時候那麼傷心，齊娜還有其他的朋友都很為他抱不平，如果我們多說什麼，就會成為眾矢之的。」

高語嵐靜靜聽著，事情過去了這麼久，現在說這些又有什麼用？

「我知道現在說這些沒什麼意思，當初我們確實沒能為妳做什麼……」洋洋似乎猜到高語嵐所想，但高語嵐打斷了她，既然沒什麼意思，又何必說。

「洋洋，妳找我到底是為了什麼事？」

洋洋安靜了片刻，說道：「嵐嵐，若雨失蹤了，妳看在這麼多年老同學老朋友的情分上，能幫忙找找她嗎？當初她為妳說話來著，只是那個情況，妳知道，大家都看妳和妳那男同學那樣，鄭濤他……我是說，那種情況，若雨為妳說話，不過是在找罵而已，她再說下去就變成大家攻擊她了，所以她才沒再說的。我們……她都這樣了，我們當然也不好再說什麼。」

「妳說什麼？」高語嵐嚇了一跳。

「我說若雨當初是幫妳的，不論妳的感情生活怎麼樣，她覺得妳是她的朋友，她想為妳說話，只是當時情勢那樣，她真的做不了什麼，她也害怕大家不理她罵她。她在我這哭，說她沒有為妳兩肋插刀，她不夠朋友，她說她對不起妳。」

「不是，我不是想聽這些，妳說她失蹤了？」

「是的，她家裡已經好幾天沒聯絡上她了，她的手機號碼成了空號，如果是換號碼，也沒把新號碼告訴家裡，她家裡好幾天找不到她，也不敢亂報警，所以我們想先找個熟人，去她公司看一看。」

高語嵐心慌起來，想起孟古也說找不到若雨，現在連她家裡也找不到她，難道真出事了？她趕緊問：「妳有若雨公司的地址和電話嗎？」她只知道陳若雨是賣保險的，卻沒留意是哪家公司。

洋洋道：「有，我有她公司的名字和地址，她媽媽給我了。我現在念給妳，妳記一下！」

「好。」高語嵐跑進房找紙筆，洋洋又說：「嵐嵐，妳願意幫忙真是太好了，我以為……」

高語嵐沒心思聽她說這些：「過去的事與妳們無關，陷害我的不是妳，也不是若雨。當然，如果妳相信這是陷害的話。」

洋洋沉默，高語嵐拿了紙筆，說道：「妳念吧，我記下來。」

「嵐嵐，我是相信妳的，尤其後來齊娜和鄭濤飛快打得火熱，我跟若雨都覺得他們早有一腿了，可是那時候說什麼都沒用了，妳也離開了，我們跟其他人也疏遠了。我們畢竟不是當事人，但我是相信妳的。」

高語嵐一怔，洋洋卻又話題一轉：「雅通商貿公司，若雨的公司，她是業務經理，公司地址在中遠路遠洋大廈，但她家裡並沒有具體樓層，妳去那裡問問也許就能問到。」

高語嵐更愣了，「若雨在商貿公司做業務經理？」

「是的，她做一年了，剛升職沒多久。」

「不對啊，妳們搞錯了吧？她應該是在保險公司做事的。」

「什麼？保險公司？嵐嵐，妳也是聽齊娜說的嗎？」

「我跟齊娜沒接觸，是若雨自己告訴我的，我們有見面，她找過我，我們還三不五時見面。不過因為前一段時間我媽生病了，我就回家待了大半個月，現在剛回來。她的手機號碼停用了，我也是聯絡不到她，但沒想到事情會這麼嚴重。」

「原來她找過妳啊……」洋洋對這事感到意外，但她很快回歸重點：「那她有沒有跟妳提過什麼？她好不好？她跟家裡說她在商貿公司上班，她媽媽還很高興。不過齊娜前段時間到處說若雨就是個賣保險的，說她說謊……呃，反正，說得很難聽。」

「賣保險怎麼了？賣保險又不偷又不搶，賣保險也是正當職業，齊娜憑什麼這樣說若雨？她才是滿口謊言的卑鄙小人！」高語嵐一聽又是齊娜，頓時心頭那股火氣就騰騰往上冒。

「若雨那個時候把齊娜得罪了啊！她們倆從那時起就沒有再來往了，以前的舊同學，也就我、珠子還跟若雨保持聯絡，只是她去了A市後，大家聯絡的也少了。」洋洋在電話那頭說：「嵐嵐，妳確定若雨真是在保險公司工作嗎？」

「是的，她在賣保險，但妳轉告那些人，若雨堂堂正正的，她工作很努力，沒什麼見不得人的，要她們都閉嘴！」高語嵐一口氣說完，覺得心裡堵得很，真恨不得是自己站在那些搬弄是非的人面前，把他們的話都堵回去。

陳若雨這麼努力地工作，她跟她說工作時候的那種生動表情，她努力打電話推銷保單的辛苦，她也有她的職業夢想，到了齊娜這種人嘴裡，就變成了難聽話。

真是，太去他媽的了！

洋洋安靜了半天，忽然問：「那現在我們怎麼辦？如果她不在那個商貿公司上班，會在哪裡呢？妳知道她住在哪嗎？」

「不知道。」

「那妳知道是哪個保險公司嗎？她在哪上班？」

「不知道。」

「那……妳知道她還有什麼別的朋友嗎？」

「我不知道。」高語嵐覺得眼睛澀澀的，被洋洋問得心裡很難過。她算哪門子的朋友呢，她什麼都不知道，沒有了電話，她都不知道到哪裡能找到若雨，她對她了解得這麼少。

高語嵐與洋洋又說了幾句話，兩邊都沒有什麼找人的思緒，高語嵐說她會再想辦法，有消息大家互相通知一下。

掛了電話，高語嵐坐在椅子上發呆。陳若雨說她沒有為她兩肋插刀，她對不起她，可現在她卻連陳若雨最簡單的事情都不知道，而她還是她在這裡唯一的老同學兼老朋友。

她高語嵐怎麼配當別人的朋友？

冷靜點冷靜點，一定會有辦法的！

保險？對了，陳若雨跟尹則推銷過保險，也許他知道是哪家保險公司。

高語嵐拿手機，正想打過去給尹則，卻聽見門鈴響了。

不會是陳若雨來找她了吧？高語嵐雖然覺得不可能，但她希望是她。不論她出了什麼事，要是她願意來依靠她這個朋友多好。高語嵐衝到大門前，嘩啦一下把門打開了。

動靜太大，動作太豪邁，把門外的人嚇到了。

尹則！

拄著雙拐杖。

陳若雨愣了。

她家影帝真是神出鬼沒，道具不斷，這次沒輪椅換拐杖了。

完蛋了，她有點想笑怎麼辦？這樣會不會對不起剛才的擔憂焦慮？

「妳開門動作要這麼誇張嗎？」尹則先說話。

「你怎麼來了？」高語嵐反問。

尹則迅速換上一張苦瓜臉，可憐兮兮的，「腿殘無人憐，唯有上門求。」如果她不讓他進去，他再繼續裝可憐。

結果高語嵐道：「你快進來，我正打算找你。」廢話不多說，先把他拉了進來。

尹則都沒來得及慶幸自高己的好運，就聽得語嵐劈里啪啦的一通說，把陳若雨失蹤的情況報告了，「……你知不知道若雨在哪家保險公司？」

「不知道，我沒打算買，沒細問，後來她再沒提這事。」

「啊，對了，溫莎買了！」高語嵐皺起了眉頭，猶豫著要不要找溫莎，不確定她會不會幫自己的忙。

尹則拄著拐杖到沙發上坐下，對她說：「該聯絡就聯絡，這種時候了，沒什麼好顧慮的。」

他掏出手機，又說：「妳別慌，我找雷風，讓他調查一下，看看有沒有什麼案件發生，還有孟古的醫院，陳若雨去看過病，應該有她的資料，那上面一定有她的聯絡方式……」

「對，你快打電話！」高語嵐鬆了口氣，她家影帝果然是她的福星，關鍵時候穩重又可靠。

這邊尹則在打電話了，高語嵐想了想，也拿起手機撥給溫莎。尹則在她身邊，她做什麼都覺得有底氣。事情很順利，溫莎沒有為難她，很快找了保單出來把公司地址和電話告訴了她，高語嵐鬆了一口氣。

尹則那邊也跟雷風和孟古說完了，兩邊都答應幫忙，說有消息就通知他。

高語嵐把問到的資料跟尹則核對了一下，決定明天一早她去陳若雨公司找人。

尹則交代她該注意的，高語嵐記下了，精繃的神經終於放鬆下來。

一放鬆，注意力轉到了她家影帝身上。

「你是怎麼來的？」高語嵐問。

尹則搖頭，裝無辜，「反正就是來了。」

「誰送你過來的？尹寧姊知道嗎？」

尹則點頭，「知道，所以如果妳不要我了，她會笑話我的，我在她面前沒了尊嚴，在妞妞和饅頭面前也會沒了威嚴。尊嚴和威嚴對男人很重要。」

高語嵐心裡嘆氣，好吧，他都這樣了，剛才還幫了她的忙，她確實不好把他趕走。

「嵐嵐，我渴了！」成功安營紮寨的尹則開始提要求。

高語嵐倒了一杯茶給他。

「嵐嵐，我腳疼！」尹則開始裝可憐。

高語嵐搬來一張腳凳給他，把他的腳抱上去搭著。

「嵐嵐，我寂寞了！」尹則又接著撒嬌。

高語嵐拿遙控器打開了電視，電視上的連續劇正演到動情處，一個男人抱著一個女人大聲哭喊：「我不能沒有妳……」

「這電視真好看，」尹則開始下評論：「說出了我的心聲啊！」

高語嵐的腳開始打拍子，尹則看看她的表情，趕緊諂媚地笑，「妳不喜歡看，轉台也是可以的，妳愛看什麼節目我就愛看什麼節目！」

高語嵐把電視聲音關小了，坐在他旁邊，開始審問：「是誰送你來的？」

「小郭先生。」

「這麼晚，你又把人家當司機？」

「哪有？他被妞妞纏著，非要他帶她去遊樂園。他說明天要上班，妞妞就開始一個問題接一個問題地研究為什麼上班就不能去遊樂園。我姊在旁邊一直笑，好像那個正對純良男子下毒手的不是她女兒。直到我要出門了，小郭先生才得以脫身。妳沒看到他聽說可以走了的時候那表情，充滿了歡欣和感動。」

什麼事情到了尹則的嘴裡，說出來都似乎變得好笑了。

高語嵐想像小郭先生的糗樣，忍不住笑了笑，然後她臉色一整，又問：「拐杖哪裡來的？」

「買的呀，醫藥器材店裡真金白銀買的。」

「你不好好養傷，跑到這裡來做什麼？」

「我想妳啊！醫生有叮囑，要保持心情愉快才能讓傷快一點好，所以我得過來，在妳身邊養傷，傷才能快一點好！」

「蒙古大夫除了跟你鬥嘴之外，我可沒聽他說了什麼正經的叮囑。」

「哦，那是需要一些智慧和默契才能聽懂的，我聽懂了就行，不會嫌棄妳的。」

高語嵐瞪他，尹則嘆氣，換上了正經表情，「我們分開這麼久，我有好多話要跟妳說的，結果因為腳傷就分開了，多可惜！我就在妳這養傷，一來傷好得快，二來離我的餐廳也近，要是有什麼狀況，我過去也方便一些，三來我們可以好好說說話，把戀愛進度補上，四來妳對『書香甜地』有什麼經營規劃上的想法，妳還可以馬上跟我討論，多方便。」

尹則說完，扳著指頭一數，「哇，妳看，這麼多好處，有錢都買不到啊！」

高語嵐忍著沒戳他腦袋，問他：「你睡哪裡？」

「當然是床上。」尹則拍拍放在一旁的背包，「睡衣我都帶好了。」

高語嵐一臉黑線，真沒見過這種厚臉皮還如此理直氣壯的，重點不是睡衣好不好？

尹則很無辜地看著她，補了一句：「妳是不會讓一個腳殘的傷患睡沙發的吧？而且那個傷患還是妳的親親男朋友。」

高語嵐嘆氣，「尹則，你說，我看上你哪一點了？」

「妳不知道？」尹則瞪大眼，「那我不告訴妳，讓妳心裡惦記！」

「我覺得，以你的德性，我應該討厭你才對。」高語嵐真的在認真反省，她怎麼就喜歡上他了呢？

尹則嗷嗷叫，整個人一歪，賴皮地躺下，頭枕在高語嵐腿上蹭，「太傷人了，這次傷得重了，一箭穿心啊！」

高語嵐被他鬧得想笑，「你又變成十三歲了。」

「那真是恭喜妳了，高語嵐小姐，妳的一個男朋友是穩重踏實的三十歲爺們兒，一個男朋友是可愛純良的十三歲正太。妳既享受了被大老爺們兒關心寵愛的成年熱戀，又能滿足年齡差異巨大的姊弟戀邪惡幻想，妳真是撿到便宜了。」

「我什麼時候有邪惡幻想了？」高語嵐拍他。

「我出現之後妳就邪惡了。」尹則哈哈笑，抱著她的腰，把頭蹭過去，「邪惡吧，邪惡吧，我不會反抗的……不，我可以配合妳假裝反抗一下下！」

高語嵐一臉黑線，丟下這個「十三歲正太」，洗漱準備睡覺去。磨磨蹭蹭都收拾好了，回來看到她家影帝已經坐在床上，還對她揮手，「放心放心，不軏那玩意兒這幾天放假休息，只剩下正經跟著我。」

「……」

高語嵐剛要說話，孟古的電話來了。尹則賴床，跟他說了兩句就把手機丟給高語嵐，說是醫院那邊的資料查出來了，確實有陳若雨住處的地址。

高語嵐很高興，接了電話把地址都抄了下來，有了公司和住處的地址，找人就方便多了。她向孟古道了謝，剛要掛電話，孟古卻說了一句：「要是找到她了，妳……」

「妳」之後就沒下文了，高語嵐問怎麼了，孟古卻轉口道：「沒事了，希望她沒事，最後找到人就好。」

高語嵐又謝過，說找到人了一定通知大家，這麼晚麻煩了云云。

剛掛電話，卻聽得尹則喊：「主人，床已經暖好，可以就寢了！」

高語嵐的手機差點沒掉到地上。等等，這麼晚尹則把手機拿給她，這不是表示孟古知道尹則跟她一起過夜？高語嵐臉漲得通紅，轉頭看那個躺在床上的無賴，真想丟他出去啊！

這晚，一人一床薄被，並排躺在大床上。高語嵐有小小的不自在，更多的像是在害羞，卻沒有她自己以為的抗拒。她自己一個人住已經很久了，孤單的一個人，看電視、上網、睡覺，都是她一個人。

現在突然多出一個男人來，她竟然也不覺得不自然。其實，他們真的沒有認識太久，突然就戀愛了，這樣真的沒問題嗎？

尹則的手從他的被子那邊悄悄摸到高語嵐的被子裡，手指摸到她的，勾住。

高語嵐倏地抽出手，啪的打他手掌一下。

尹則快速把手縮回去，高語嵐扭頭一看，這傢伙閉著眼睛，表情平靜，好像正在熟睡。

高語嵐咬牙，這人睡覺也要鬧騰，還裝睡！

她瞪他一眼，可惜他看不到。她再瞪，管他看不看得到。

尹則的腳從他的被子裡鑽出來，伸到高語嵐的被窩裡，摸索著探到她的腳，然後用腳趾撓她的腳底。

高語嵐癢得猛地一縮，正想踢回去，顧慮到他的腳傷，停住了。尹則的腳又伸過來撓她，高語嵐這下頓悟這隻是沒受傷的腳，她正要踹回去，尹則已經把腳縮走了。

高語嵐氣得轉身過來對尹則喊：「你到底要不要睡覺？」

「咦？」尹則睜開眼，「發生什麼事了？妳怎麼不睡？」

「你、你……」高語嵐氣得伸手去掐他。

尹則哈哈笑，掀開被子把高語嵐裹上，伸手把她拉進自己的懷裡吻住。

高語嵐捶他，「討厭！」

「就是，隔著被子真討厭，這樣比較好。」

「你別鬧，我在想正經事。」

「嗯，我也在想正經事。」

這人腦子裡還有正經事？

高語嵐不信，「你在想什麼正經事？」

「先說妳的。」

高語嵐說了，她說了今天洋洋打電話給她，她想起從前的事，洋洋說相信她，可是她已經離開了。

尹則捏了捏她的手，問她：「妳有沒有想過要跟他們討回公道？」

「啊？」

「會不會是他們早有姦情，故意設計妳？那個追求妳的同學不過正好撞到，被人當槍使。就算沒有那男生，也會有其他事情發生，反正妳一定會被甩，妳那狗屁前男友總會找到合理正當的理由，不然他跟那個女人怎麼過？妳不是說了，你們那圈子很小，大家互相都認識。」

高語嵐看著尹則，他繼續說：「嵐嵐，如果生活裡有什麼人對妳亂來了，妳就給他一拳。受了委屈，別人的立場不重要，有人站在妳這邊幫妳是最好，如果沒有，妳也不能認輸，最重要的是妳自己的立場。大家只相信自己想相信的事，妳退縮，會被解讀成默認心虛無地自容，不退縮也許會辛苦，也許也並沒有得到妳想要的結果，但是那樣妳的生活會不一樣。妳的態度決定一切，妳說為什麼倒楣的總是妳，其實妳想想看，大家是不是都會挑一些軟弱怕事的人欺負？例如溫莎照片的那件事，雖然背影很像是選中妳的原因，但妳想想，如果那人換成了我，她敢誣陷我嗎？看我整不死她！」

高語嵐不說話，尹則繼續說：「還有那個胡天，他挑中妳當然也有受妳吸引的關係，妳清秀端莊，可能是他喜歡的那一型。可是，妳想想看，如果換成溫莎那樣的氣場，他敢提那種要求嗎？如果他之前騷擾過的女職員像妳一樣敢與他鬥爭到底，他還敢在公司裡做這種齷齪事嗎？」

高語嵐咬唇。

態度決定一切！

她覺得尹則說得很有道理，她確實太懦弱怕事了。

她以為只要認真，只要問心無愧就行，但她真的很缺乏態度和勇氣。

「記住我的話了嗎？」尹則親親她的眉心，「有誰對妳亂來了，妳就給他一拳。別怕妳的拳頭不夠硬，就算沒打到他，他看到妳要拚命，他也會嚇跑的。」

給他一拳嗎？

好的，她記住了！

高語嵐抱著尹則睡著了。

這是她第一次抱著男人睡，竟然沒有不習慣。

這男人是她的靠山，是她的能量，是她的拳頭。

在他身邊，她特別安心。

她迷迷糊糊想起了搶饅頭的那個晚上，酒吧裡女歌手唱的歌：「不要害怕，向前走，一切的不美好都會過去，會有天使來愛你……」

她沒遇到天使，她遇到了一個無賴廚子，男神影帝，但她覺得很幸福，比遇到天使還幸福。

第二天一早，高語嵐醒過來，聽到廚房裡有動靜，她出了一會兒神，才想起昨天尹則是在這裡過夜的。

她起身換好衣服，慢騰騰地挪步子去廚房。

很好，廚房裡的是尹則，不是饅頭。

尹大廚的拐杖靠在牆邊，而他正皺著眉頭在做早飯，看到高語嵐起來了，對高語嵐廚房裡簡陋的廚具、單調的調味料嫌棄一通，一邊嫌棄還是一邊把早餐做出來了。

高語嵐不服氣，「嫌我的東西差，那你幫我買好的！」

「不買。」尹大廚有一套自己的理論：「就讓妳用不好的，這樣妳才會惦記著跟我過日子能用上好東西。」

高語嵐才不理他，反正她是廚藝白癡，不稀罕用好廚具。

兩個人一邊鬥嘴一邊共用了一頓美味早餐，然後高語嵐就準備出門去找陳若雨了。

尹則有些擔心，要她檢查好手機電池，囑咐她有情況一定要打電話，不要自己衝動亂拿主意。又說他的腳不方便，但雷風和孟古可以使喚。他把這兩人的手機號碼都輸入到高語嵐的手機裡，說雖然大家都上班，但要是真有麻煩，儘管找他們，還有要及時打電話給他。

高語嵐一一答應了，被尹則弄得有些緊張，覺得好像今天會遇到什麼大麻煩似的，可實際上她去找了一趟，卻是異常的順利。

原來陳若雨遇到了一連串的事，感情和工作都遇挫折，再加上她被經理拎到咖啡廳單獨訓話被齊娜的朋友看到，她就知道事情糟了。家裡那邊肯定知道她不是在商貿公司工作，而是在賣保險，流言和難聽話滿天飛。

陳若雨的媽媽是個厲害的，說話不太中聽，又愛跟鄰居和親戚朋友攀比，給陳若雨很大的壓力。陳若雨完全不敢想該怎麼辦，鬱悶之下，沒留意電話費沒繳，被停機了，於是她心一橫，想著乾脆重辦一個新號碼好了。

不必跟某些煩心的人聯絡，也不必受騷擾。結果號碼還沒來得及辦，她就因為吃了路邊攤急性腸胃炎住進了醫院。最後乾脆破罐子破摔，遁世幾天。

沒想到，就這幾天，鬧大了。

高語嵐去了陳若雨的公司，公司把陳若雨住院的事一說，高語嵐就直奔醫院而來，順利找到了她。見上了面，陳若雨還嚇了一跳，聽得高語嵐一說情況，頓時愁容滿面，果然越想躲越躲不掉。

高語嵐顧不上其他，趕緊通知尹則人找到了，讓大家不要忙，都放心吧。

陳若雨聽到她打電話這樣說，更是內疚。幾種情緒交雜，眼淚就流下來了，抱著高語嵐大哭了一場。

高語嵐努力安慰，可越安慰陳若雨越內疚，她說她當年懦弱，沒敢堅定地站在高語嵐這邊，她對不起朋友。

「這事一直都堵在我心裡，我永遠都記得妳那個時候的表情。對不起，我沒有幫妳，我後來很後悔，可是說什麼都沒用了，妳已經走了，是我們這些人聯手把妳逼走了。」陳若雨越說越難過，「後來那裡我也不想待了，總覺得沒什麼朋友了，我也想出來闖一闖，多賺錢給爸媽過上好日子。我選了這裡，因為妳也在，我想也許有一天我們會在街頭偶遇……我不敢找妳，但一直惦記著妳。我過得不好，來了這裡一年多，找工作也不順利，最後就開始賣保險。但我媽妳也知道，我不敢說，只好騙他們。」

高語嵐拿面紙替她擦眼淚，陳若雨吸吸鼻子，「嵐嵐，我那天忍不住找妳，我怕妳不理我，然後我業績完成不了，我也不知道我在幹什麼，像傻子一樣，我還跟妳推銷保險，讓妳幫我介紹朋友。嵐嵐，妳看，我多自私，其實那天我也很緊張。」陳若雨說到後面也不知道自己在說什麼。

兩個女孩子妳看看我，我看看妳，然後忽然一起笑了起來。

「我記得妳以前幹的蠢事才多咧！」高語嵐說。

「唉，別回憶，我現在心靈可脆弱了。」

往事浮現眼前，兩個女生又一起笑了。

「我現在，是比以前聰明了。」陳若雨笑完了為自己打氣，「嵐嵐，我決定不追孟醫生了。我們條件太不對等，他看不上我。等出院了，我要好好努力，重新出發，做個女強人，找個合適的對象。」

「好，我也要努力！」高語嵐也振奮起來，「我也要做出一番事業來，好好經營感情。若雨，昨天尹則鼓勵了我，他說，如果生活中有人對我亂來了，讓我給他一拳。我想啊想，其實那件事，一直卡在我們心裡。我原以為只有我在意，原來它也卡在妳們心裡。我想，我真的應該去查一查，最起碼，得把真相讓大家知道，還我一個清白。」

「好，我來幫忙。我跟妳說，其實鄭濤跟齊娜走到一起後，有些人也覺得太快了。我覺得這事跟他們有關係，其實明擺著的，都不用猜。」

「我不想管他們怎麼樣，不相干的人，不用理。我就想問問劉偉程，他明知道我是有男朋友的，為什麼要那樣對我，為什麼不為我解釋。我以前想，反正都這樣了，問了也沒用，徒增傷心難堪，很丟臉。可是，尹則說的對，是我的態度問題，所以我才總會有這樣那樣的倒楣事。」

「嵐嵐啊，妳是來刺激我的吧？妳看看妳一臉春意盎然，開口閉口都是尹則說。」陳若雨把頭埋進高語嵐胸前撒嬌，「我也想有個男朋友，對我好就行，就像尹大廚對妳那樣，可我沒遇到好的，我再也不想熱臉去貼冷屁股了。」

話剛說完，病房門口傳來幾聲乾咳，高語嵐、陳若雨同時轉頭看，門口站著尹則和孟古。

一個笑嘻嘻的，一個一臉惱意。

不知道他們聽到多少？

高語嵐臉紅了，陳若雨嚇了一跳，差點沒忍住往高語嵐身後縮。

兩個男人是特意過來照應的。尹則擔心有什麼狀況，而醫院還是孟古比較搞得定，所以就把孟古叫上了。孟古到了醫院全程黑臉，「那冷屁股」言論他肯定聽到了。尹則一個勁兒對高語嵐使眼色。

最後，孟古跟陳若雨的主治大夫溝通完，表示可以出院了。

於是，孟古當司機先把高語嵐和尹則送回去，最後把陳若雨單獨拎走了。

高語嵐使勁回想，確定她們沒說什麼孟古的閒話，那他應該不會為了「冷屁股」一詞，就對陳若雨下毒手吧？

尹則抿著嘴對她笑，笑得高語嵐直忐忑，「怎麼？」

尹則仍是笑，他聽到陳若雨說高語嵐開口閉口都是尹則說，頓時心裡小得意，簡直是心滿意足，「嵐嵐，過一段時間，妳帶我回家吧。」

「……」這進度要不要這麼快？

「妳要是覺得我還不錯，見完家長，大家對我都滿意，我們相處得也好，就該談婚事了。」

「……」居然還要更，這不合理啊，他們才認識多久？她高語嵐什麼時候這麼有魅力，讓尹則這樣的男人愛上就算了，還愛得這麼強烈想結婚？

「你是想上床，還是想結婚？」高語嵐傻傻地問，問完了就恨不得咬舌頭。

「兩樣都要！」尹則握拳，兩眼發光，一副有著遠大志向的青年憧憬著美好人生的架勢。

高語嵐絕望，為什麼再嚴肅的事，到了尹則這都像是在搗亂？

「哎，妳看不起我喔！」尹則換回正經嚴肅樣，「我沒告訴妳嗎？從我到妳家找饅頭，看妳賣力裝可憐，然後又去了妳公司，妳自己找上門來，受了委屈卻又拚命裝酷，然後被妞妞騙了，妳還很認真演善良阿姨的時候，我就下定決心了。」

高語嵐一臉黑線，誰裝了？誰演了？明明你才是影帝！

「什麼決心？」

「這女生太有意思了，一定要娶回家天天逗她玩。」

「……」

「妳不滿意？好吧，那我換種說法。這女生太可愛了，我一定要把我自己奉獻給她，讓她天天逗我玩。」

「……」

他一定是在開玩笑，他逗她玩呢！

高語嵐當他沒說過，可尹則不幹，他用肩膀撞撞她，「好歹給個話。」

「呃……」高語嵐斟酌著怎麼說，「我目前，呃……想以事業為重。我要是不能為自己賺到錢，不能為你賺回錢來，又怎麼好意思談婚論嫁管你的錢？」

「……」尹則無語了。他家包子小姐拒絕得太霸道了，不但拖延了時間，還宣告日後打算管他的錢。大有這話我就放這了，要是你不把財政大權交出來，就別再提結婚的。

「嵐嵐啊，我就喜歡妳這樣的。能把老婆從包子寵成女王，太有成就感了。」

「……」這大男人主義似的變態，讓人有點爽，但高語嵐也有點不服，她哪裡女王了？

不過，尹則寵她卻是真的。

他沒介意她拒絕了他，反而很支持她的工作。當然了，她的工作就是幫他賺錢，高語嵐覺得他怎麼支持都是應該的。

第四章

尹則，你喜歡我什麼呢

這段日子，高語嵐做了許多功課，不但深入了解了尹則的農場和餐廳的業務和資源，還跑了多家會所、特色店、個性沙龍考察業務。

尹則的腳受傷，不方便行走，不能陪著她，但也派人派車給高語嵐當司機載著她到處跑。高語嵐晚上回來把考察情況跟他一說，他能給出許多意見和看法，還指點她哪裡哪裡有好店，哪些哪些資源能幫她搞定。

這是高語嵐看到的尹則另一面，他不但是個廚神，還是個很有生意頭腦的商人。

還有，他很會編情話。

那天，高語嵐在外頭跑累了，用手機刷部落格和論壇，她每天都盡心維護這兩個地方。尹則的食譜她也整理好兩天發一篇，有特別的留言她會看看，如果尹則沒有回覆，漏掉了，她會記下來提醒他。

刷完留言，她順手再刷刷微博，結果看到尹則更新了。

他更新的那條是翻出以前的一道食譜「豆豉蒸鳳爪」轉發，然後寫道：「某人這段時間很辛苦，晚上給她加菜豆豉蒸鳳爪。以形補形，讓她練好手段，人和錢都讓她管。」

高語嵐看得一臉黑線。

影帝，你可以再誇張一點，以後她還能不能愉快地啃鳳爪了？

下面的留言當然很精彩。

「哇靠，大廚，你戀愛後變得好噁心，是你的人和你的錢嗎？」

「那個女人為什麼不是我？」

「男神，你扛住，要一直編食譜情書秀恩愛，別最後只能做黯然銷魂飯！」

「這年頭，不會寫情書的廚子不是好廚子。」

……

高語嵐正看得「百感交集」中，尹則的電話來了，他問她到哪裡了，什麼時候回家吃飯。

「快了！」這是催她回去啃鳳爪補一補的意思嗎？

「那見丈母娘會不會也很快了？」

「你別鬧！」

「有人嫌我三十多了，要是再拖下去，我更老了，人家不要我了怎麼辦？」

「瞎說！」

「那妳以後不許摸我的皺紋，本來沒皺的，都被妳摸皺了。」尹則怨氣十足，又補一句：

「別的地方可以摸！」

高語嵐臉很紅，他們這些天睡在同一張床上，沒跨過最後一步，但確實少不了親親摸摸。

「你的腳還疼嗎？」她轉移話題。

「不疼了。」行走自如了，裝瘸也不太好。

「那你要搬走了嗎？」

「哦，妳好狠的心啊！」尹則又開始演，「我懇求妳再狠一點，快回來蹂躪我，糟蹋我！」

高語嵐臉更紅，「你不要鬧！」

尹則哈哈笑，「那妳要回來了嗎？」

「我還想去店裡看看的。」

「別去了，快回來吧。妳不是考察完了嗎？有沒有什麼想法想跟我討論？」反正就是哄她快回來就對了。

「好了，好了，我現在就回去了。」高語嵐答應了，又跟他聊了幾句。掛了電話，上了在一旁等著她的車。

開車的小方問：「嵐姊現在回去了嗎？剛才老大有打電話問我。」

高語嵐臉繼續紅，影帝先生真是太可以了，看來不能讓他閒著，男人一閒就愛查勤。她剛跟小方說回家，電話又響了。

她拿起來一看，是陳若雨。

「嵐嵐，妳聽我說，我打聽到一些事。這幾天我託洋洋側面跟老同學聊聊以前的事，妳知道，她跟他們的關係還行，然後她剛才打電話給我，她說當初妳帶回來的男同學劉偉程曾經問過陳胖和李子，他說聽說妳跟鄭濤的關係不好，問他們是不是這樣？」

「什麼意思？」高語嵐沒明白。

「就是我們猜的肯定沒錯，鄭濤那時說早聽說妳跟劉偉程有染，為什麼劉偉程又聽說妳與鄭濤感情不和？齊娜能在當場撒謊陷害妳，難道之前不會真做什麼壞事，散布什麼謠言嗎？」陳若雨說著：「我這樣猜也許不厚道，但我覺得她幹得出這事，而且鄭濤配合得這麼好，難道真的沒有鬼嗎？」

高語嵐愣了好一會兒。

陳若雨又繼續說：「齊娜為什麼這麼做我們都清楚，妳也看到現在她得到了她想要的結果。也許齊娜說的就是那兩個男人心裡想得到的，所以劉偉程願意相信，也願意順他們的意這樣做。鄭濤對妳的感情淡了，但他想把這樣的事歸疚於妳，而劉偉程對妳有意，當然也希望妳與鄭濤根本是對怨偶。往更壞了想，會不會是大家合夥演了一場戲呢？」

高語嵐沒說話，所以整件事不是偶然發生的？不是正好劉偉程對她不禮貌被別人看到，然後給了齊娜一個可乘之機？

她跟齊娜可是從小學到高中的同學，是好朋友……而她與鄭濤，七年的感情……

高語嵐心裡難過，她看向窗外，陳若雨的聲音從電話裡繼續傳來：「嵐嵐，妳還在聽嗎？」

「我在聽。」高語嵐低聲應了。這時遇到紅燈，車子停下了，高語嵐正想跟陳若雨說什麼，卻忽然看到街邊咖啡店門前站著兩個女人。

其中一個背對她，背影看起來有幾分眼熟，而面對她的那個，卻是再熟悉不過的臉，溫莎。

溫莎正對著面前那個女人溫柔地笑，那眼神中分明透著滿滿的情意。

這種神情高語嵐在尹則臉上常常看到，她覺得那代表著愛情。

車子重新啟動，高語嵐的心怦怦亂跳，難道她撞見了溫莎和她的情人？那背對她的女子背影有些熟悉，她腦子有點亂，她想似曾相識也許是因為那個背影像自己？

可她看不到自己的背影啊！唉，都怪那張照片鬧的！

電話那頭陳若雨還在說話，她問高語嵐之前說要找劉偉程有沒有找到，記得要問問他這個情況，是誰告訴他她跟鄭濤感情不好要分手的。高語嵐說她沒聯絡上，劉偉程的號碼換了，她打了一次空號後就沒再追這事，最近忙別的，還真把這個給忘了。

「嗯，反正也不是什麼急事，那回頭再說吧，我這邊有消息也會告訴妳的。」兩人又聊了幾句才中斷通話。

高語嵐回到家，尹則樂顛顛地迎上來，「親愛的，妳回來了，為夫寂寞了！」

高語嵐蔫蔫的，接了陳若雨的電話後，情緒就一直很低落，此時也沒心情跟尹則鬥嘴。她脫了鞋，丟了手上的包包，然後一把抱著尹則，偎在他懷裡不想動。

傷心難過的時候，靠著尹則最舒服了。

「怎麼了？」尹則拍拍她，把她抱到沙發上，兩個人一起窩在沙發裡。

高語嵐悶悶的，搖搖頭，抱著他不說話。

尹則也不追問了，親親她的髮頂，就這麼抱著她也不說話。

過了好半天，高語嵐終於悶聲悶氣說：「尹則，我知道有些人壞，會造謠，會落井下石，可那是我從小一起長大的朋友呢，你說，人生為什麼會這樣？」

話剛說完，腦袋上啪的一下被尹則拍了一記，「屁大點的小女生裝什麼深沉？人生什麼的，輪得到妳這年紀的人感嘆嗎？等妳和我都白髮蒼蒼的走不動了，我們再一起窩沙發裡，妳再跟我談什麼人生。」

高語嵐撇嘴，抬頭看著尹則，伸手摸摸他眼角的細紋，不說話了。

「喂，喂，不是說好了不許摸皺紋？不對，我這是笑紋！」

尹則的表情和語氣把高語嵐逗笑了，尹則側頭咬她的手，高語嵐把手縮回來，繼續窩在他懷裡不動。

尹則任由她賴著，兩個人都不說話，就這樣抱在一起不動。

過了一會兒，尹則的電話忽然響了，高語嵐推推他，「你的電話。」

「嗯。」

「快去接。」

「親愛的，當妳全身重量都壓在我腿上的時候，能不能不要發出移動口令？」

「Go，Go，Go！」高語嵐偏要鬧他。

「那妳也先 Go 一下。」

「No，No，No！」她就是不想動，話剛說完，忽然覺得身體一輕，整個人被抱了起來。

她嚇了一跳，放聲大叫。尹則哈哈笑，把她抱回房間扔到床上，然後拿起自己的電話，聽了幾句，嗯嗯應了，對那頭說好。

他掛了電話，撲到床上撓高語嵐的癢癢。高語嵐大笑，又閃又躲。

兩個人鬧了一會兒，尹則停了下來，撥開高語嵐臉上的髮絲，親親她，「妳看，笑笑多好，多有精神，不要再悶悶的。總有些人會讓妳不開心，妳管他們去死，過好自己的生活，多想開心的事。」

高語嵐笑著點頭，說道：「尹則，你一定不會像那些壞蛋一樣騙我欺負我，對吧？」

「當然，笨蛋！」尹則低頭啄她的唇，親了兩下，壓低頭，將她深吻住。

「尹則……」高語嵐將他緊緊抱住，她覺得自己很幸運，遇到了他。

一吻畢，高語嵐又去摸他眼角的細紋。他在對她笑，他一笑起來，細紋更深了。

「說好不許摸的……」尹則嘀咕，抱著她倒在床上不想動，「好可惜，我們得出門。我今天特意回餐廳蒸了好多鳳爪給妳吃，唉，只能明天吃了。」

「要去哪裡？」

「尹妹要請我們吃飯，她說今天逛街，順手買了禮物，還有妳的禮物。」

「又有我的？妳妹妹好客氣喔！」

「嗯，可是我不想動。」

高語嵐推他，「起來了，你很重的。」

「重什麼重？妳要多練習。」

「練習你的頭！快起來，你妹妹約在哪裡？」

「是一家近來很紅的餐廳，我正好去吃吃看，考察考察。」

「你妹妹特意選的吧？她對你真好。」

「妳幹麼？吃醋啊？」尹則賊賊地笑，「放心，我的身心都是妳的。」他翻身平躺，張開雙臂，嚷嚷著：「快來蹂躪啊，快來啊，救命……」

高語嵐用力拍他，「不要鬧，起來了，不是要準備出門了？」

「對，我還得去接我姊和妞妞。」妞妞今天去參加學前兒童活動，尹則嘆氣，「親愛的，我的情路真坎坷，對不對？」

「你是說你的邪念嗎？」高語嵐一語中的，尹則捂胸中箭，嚷嚷著妳好懂我。

兩個人笑鬧一陣，這才出門。

尹姝選的地方果然很好，尹則點菜也相當有水準，妞妞則很有氣勢地把菜單攤了一桌，頗有小皇太后指點江山的架勢，把幾個大人都惹笑了。

尹姝買衣服給妞妞，買皮鞋給尹則，買高檔護膚品給尹寧和高語嵐。高語嵐拿禮物拿得很不好意思，她總覺得自己跟尹姝正式見面這才是第二次，每次人家都送東西，而她什麼都沒給過。

尹則幫她收下，還直說反正是要叫嫂子的，都是一家人，收下沒關係。

尹姝聽了顯得很高興，還真叫了「嫂子」。

大家說說笑笑，一頓飯吃得很開心。之後高語嵐去了一趟廁所，回包廂的時候，隔著紋花的藝術玻璃門，看到了尹姝的背影。

高語嵐推門的手一頓，一道閃光忽從腦中掠過。那張害她被公司開除的照片，那個被溫莎深情凝視的背影……高語嵐僵在那，她其實認人認臉的本事算不上特別好，但這些事印象太深，她覺得她怎麼都不該認錯。而且，讓她覺得眼熟的不止身影，還有那衣服。

尹姝現在身上這件，就是當初照片上的背影身上穿的。

隔著藝術玻璃看到的人影有些不清晰，卻反而跟照片上模糊的背影效果相似。

高語嵐心跳得厲害，難怪她去見胡天那次看到尹姝的背影就有些感覺，現在加上衣服，竟然是……原來如此。

高語嵐呆立半晌，終於還是推門進去。

她不太會偽裝，臉色受心思影響，有些不好看了。

尹則攬過她，關切地問：「怎麼了，不舒服嗎？」

高語嵐勉強點點頭，「嗯，好像有些胃痛。」

「胃痛？」尹則的手捂上她的胃，「這裡嗎？」

高語嵐不敢看向尹姝，點點頭，「嗯。」

「好可憐！」尹則親親她的太陽穴，「果然還是得我親手做飯給妳吃才行，妳看妳吃別人做的飯就會胃痛。」他開著玩笑，試圖讓高語嵐放鬆下來，握著她的手，又說：「痛得厲害嗎？要不要看醫生？」

「不用，沒關係，現在好多了。」高語嵐盯著桌巾，心裡很亂。

尹姝靠近門，此時已經起身出去叫了服務生倒杯熱水進來。

她把熱水端給高語嵐，柔聲說：「先喝點熱的，也許會舒服些。」

「我沒事。」高語嵐抬頭，正對上尹姝關切的眼神。她也不知自己怎麼了，脫口而出問了一句：「對了，姝姝跟我一般大吧？有沒有男朋友？」

包廂裡眾人都僵了一下，高語嵐看看尹則，又看看尹寧，然後轉回滿臉通紅的尹姝身上。

「我、我……」尹姝有些結巴：「我還沒有男朋友……」

高語嵐點點頭，沒說話，拿起杯子喝茶掩飾自己的尷尬。

她這是怎麼了？如果那個被保護的女人是姝姝，她又能怎麼樣呢？

飯局在有點微妙的氣氛中結束，高語嵐努力讓自己表現如常，但她不知是自己心虛，還是因為她問了那個問題，她總覺得氣氛大不如前。

飯後，尹則把大家各自送回家，妞妞認真問：「舅舅，你不回家嗎？」

「舅舅最近住在另一個家裡。」尹則答道。

高語嵐有些緊張，生怕妞妞問出什麼尷尬的問題來，結果妞妞卻說：「那饅頭歸我了嗎？」

「不行，饅頭是舅舅的寶貝，妞妞要好好照顧牠喔！」尹則說著，忽然想到，「對了，我的腳好了，其實可以把饅頭接過來。」

妞妞反應很快，「不行，要是接走饅頭，就得把妞妞也接走。」

尹則一挑眉，「接走了妞妞，那媽媽怎麼辦？她會寂寞的。」

「這好辦，把媽媽也一起接走就行了。」小娃娃很爽快地提供了解決辦法。

尹則撫額，「姊，快把妳家寶貝蛋帶上樓吧，這小妞的殺傷力與日俱增啊！」

妞妞咯咯笑，覺得這是在誇她，在媽媽的帶領下，最後還是揮手跟尹則和高語嵐說拜拜。

尹則啟動車子，開車回高語嵐家，一路上逗高語嵐說話，高語嵐卻完全沒心情，當車子停在她家樓下時，她終於忍不住問了：「尹則，你知道溫莎的女朋友是誰嗎？」

尹則一愣，他熄了火，慢慢轉頭看向高語嵐，然後答：「知道。」

高語嵐呆了一呆，她直視他，緩緩吐出兩個字：「是誰？」

尹則用手指敲敲方向盤，想了想，說：「我們回家再談怎麼樣？」

高語嵐搖頭，「我現在就想知道。」

尹則頓了頓，又問：「怎麼今天突然想問這個了？」

「為什麼你之前沒有說過你知道？」

「妳沒問我。」尹則說：「但這個不是重點，只是妳沒問我，我覺得我不主動提更好。」

「為什麼？」

尹則猶豫了兩秒，說：「因為關乎一個女孩的個人隱私。」

高語嵐盯著他看，「如果我沒發現，你是打算一直瞞著我嗎？」

「當然不會，我只是需要一個合適的時機。」

「什麼時機才合適呢？」

尹則語塞。

高語嵐很難過，非常難過。

「是尹姝，是嗎？」

尹則看著她，好半天才擠出一個字：「對。」

「你和溫莎早就認識了，是嗎？」

「從前姝姝帶我見過一面，不熟，但我知道她的公司和她的名字。」

「所以，那天你上門來，我告訴你們發生了什麼事，又給你看了溫莎的名片，你就知道了，是嗎？」

「不能百分百肯定。」

「所以，你去找她，不是什麼為了我，對吧？我還奇怪呢，怎麼會有人這麼無聊為了一個只見過一次面的人跑到別人的公司找人聊天，而溫莎願意理你，認真接待你，因為你是尹姝的哥哥，對不對？不然依她的個性，肯定會叫保全趕你了。」

「去了解情況一個是為了尹姝，另一個也是為了妳。」

「我不信！」高語嵐很暴躁。為了尹姝，這樣才能解釋得通。神經病才會為了一個搶了自己的狗踢傷了自己的女人打抱不平。她拉開車門出去，覺得完全無法坐在裡面心平氣和地談。

尹則追了下來，「嵐嵐，真的也是為了妳，不然我不會說我是妳的男朋友！我是說給妳公司的人聽，警告溫莎不要太過分！」

「那又怎樣？為了我冒充一下我的男朋友，又怎樣？了不起嗎？」高語嵐完全不能接受這樣的說話，鬼扯，她不相信！「你喜歡我什麼呢，尹則？」

「我喜歡……媽的，難道妳以為我是為尹姝才接近妳，假裝愛上妳？」

「難道不是？只有這種可能。你怕我追究，怕我報復，所以想接近我看看情況。」

「看完了順便把我自己搭給妳嗎？怕妳報復？笑話，就妳這包子樣，能報復誰？別二百五的腦子林黛玉的心，醒醒！我要跟誰談戀愛，一定是我真的愛上她！」

「什麼二百五的腦子林黛玉的心，會罵人了不起嗎？」高語嵐跳腳，「你才發情期的狀態便祕的臉！」

「這話邏輯對嗎？」尹則被她氣到想笑。

「你管我！」

尹則舉高雙手作投降狀，「好了，好了，瞞著妳是我不對，我認錯，可妳不能質疑我對妳的心意。」

高語嵐瞪著他，瞪著瞪著，忽然問：「我和尹姝都掉進水裡了，你救誰？」

「尹姝會游泳。」尹則想都不用想。

高語嵐抿緊嘴，覺得很想哭。

她瞪著尹則，淚意泛了上來，尹則在她眼裡變得模糊。

「在妳掉進河裡之前，我會教妳游泳。」尹則說。

高語嵐的眼淚滑落下來，「如果我就是學不會呢？」

「妳願意這樣嗎？我認識的嵐嵐，雖然包子了點，但也是要強的。妳想要永遠不會游泳，等著別人來救嗎？」

高語嵐再也忍不住，哇哇大哭起來，上前兩步咚咚給了尹則幾拳，然後掉頭就走。

尹則急忙追上去，跟在她身後想一起上樓，可高語嵐按開了電梯，轉身將他堵在門外，用力抹去淚水說道：「影帝先生，你教過我，如果有人對我亂來了，就給他一拳。現在我得告訴你，我覺得你很亂來，我不想跟你住在同一個屋簷下，你回自己的家去。」

尹則僵在外頭，高語嵐退了幾步，退到電梯裡，在與尹則對視中，電梯門關上了。

看不到尹則之後，高語嵐又哭了起來，哭得上氣不接下氣，哭得站在自家大門好半天也沒摸出鑰匙。旁邊忽然伸出一隻手，把鑰匙插進鑰匙孔裡，把門打開了。

高語嵐吸吸鼻子，不用看也知道旁邊這人是誰。

她擦掉眼淚，推門進去，轉身就把門關上。

「嵐嵐！」尹則無奈地在門外喊。

高語嵐不理他，卻有些後悔沒把他手上的鑰匙拿回來。

「你不許開我家的門，不歡迎你！」

尹則不敢硬闖，只好敲門。

高語嵐背靠著門坐下來，腦子裡空空的，就是覺得很難過。尹則叫了兩聲，隔著大鐵門也不確定高語嵐有沒有聽到，又怕她說話自己沒聽到。他嘆氣，拿出手機撥給她。

響了一聲，高語嵐沒接，一直響到鈴聲停了。

尹則繼續撥，第二次高語嵐接了。

尹則趕緊道：「嵐嵐，對不起，我真的不是有意要瞞著妳。只是，我好不容易找到妳了，我並不想因為尹姝的事被妳嫌棄，我打算等合適的時機再跟妳說的。這種事也不可能瞞一輩子，以後妳嫁給我，大家有了往來，妳肯定也會知道。」

「你的意思是說，能瞞一輩子就瞞了？」

「不，我是說不會瞞！」尹則滿頭汗，他家包子小姐發起火來還真是挺難搞啊，「我對妳是真心的，真的！」

「真心什麼？你是賈寶玉的腦子王熙鳳的心。」

「什麼意思？」

「腦袋多情心太狠。」

「妳對紅樓夢真的熟嗎？」

「你管我！」高語嵐又要跳腳了，「反正我不相信你了！原本我就覺得哪裡怪怪的，現在找到原因了！你才見過我一次，還是這麼狼狽的見面，然後你見過溫莎之後就說要追我……」高語嵐說到這裡，嗚嗚哭了起來。

「不是的，那不是我們第一次見面，我們三年多前就見過，只是妳不記得了。我坐輪椅來的那次，問妳妳不記得我了嗎，是指三年多前，不是前一晚。」

「大騙子，我又沒有失憶！」

「真的！」

「我不想跟你說話了，你走開，不要站在我家門外！」

「嵐嵐……」尹則話沒說完就被高語嵐掛了電話。

尹則嘆氣，揉了揉額角，沒想到她的反應這麼大。也不知道她是怎麼發現的，算了算了，這不是重點。他站了好一會兒，在進門與不進門之間猶豫，最後還是算了，她在氣頭上，他還是不要火上澆油的好。她性子軟好說話，等她氣消了再來哄她。

尹則回去了，高語嵐趴在窗邊偷偷看他的車，看到他的車子離去，才又哭了一場。

高語嵐整晚沒睡好，腦子裡亂七八糟昏昏沉沉全是尹則。在床上一直熬到十點多，實在是難受，就爬起來收拾行李。一衝動，她又想回家了。如果是別的事，她想她能應付，因為她有尹則，可現在是尹則的事，她應付不了，她想回家住幾天。

高語嵐知道這樣不好，她又懦弱了。想起尹則問她願不願意做他的螃蟹，說他要把她寵得橫著走，可原來是騙她哄她的。一想到這個，她又想哭了。

昏頭昏腦地到了車站，想起早飯沒吃，午飯也沒著落，覺得餓了，但還是不想吃。尹則說過還是得他親手做飯給她吃，她又想哭了。

高語嵐買了麵包和礦泉水，一邊吃一邊等車。

這時手機簡訊響起，高語嵐點開一看，是尹則，他問她休息好了嗎？願不願意跟他聊聊？

高語嵐咬咬唇，把手機放回口袋。她還不想聊，她覺得自己還沒準備好。她頭腦清楚的時候都不是尹則的對手，何況現在亂糟糟的找不到條理和邏輯。她最後肯定得跟他聊聊，但她希望自己能先把情緒整理好了。

尹則說的對，人遇事的結果，看態度。她不能三兩下又被他糊弄住了，也不想這麼糊塗地結束這段感情，雖然她傷心，但她還明白感情事不簡單的道理。

尹則對她怎樣她還是記在心裡的，雖然現在她質疑很多事，但他對她好她仍記得。

不能想，一想眼眶又濕了。

手機鈴聲響起，她摸出來一看，尹則來電。高語嵐把手機塞回口袋，不接。響了半天終於停了，高語嵐覺心裡空蕩蕩的。過了一會兒，簡訊聲音響了，高語嵐又把手機掏了出來。

簡訊是尹則發的：「我真的愛妳，我不會拿感情事開玩笑。妳可以怪我瞞了妳尹姝的事，但不能否定我對妳的感情。我找了妳三年多，我們第一次相遇是在C市，三年多前，妳失戀在青松公園裡哭，喝醉了，跟我說了很多話。我們約好再見，但妳沒有再出現。妳說妳沒有失憶，我知道，妳沒有失憶，妳只是不記得我了。」

高語嵐看得一愣，然後心開始發慌。

三年多前她確實是有一晚喝醉了，但她不記得發生了什麼事，倒是有印象她跑到青松公園大哭。好像是有人跟她說話來著，她記不清，回家倒頭大睡，睡到下午，又決心忘了過去，把不開心全部拋掉，她真不記得那天的事了。

不會吧？高語嵐正努力回想，又一條簡訊來了。

「我去接妳好不好？來我的餐廳，我做飯給妳吃。」

高語嵐的心更慌了，想了想，還是回覆：「我要回家待一段時間，過幾天回來再說吧。」

這條發過去，那邊沒回覆了。

高語嵐有些愣愣的，不敢猜尹則現在是什麼反應和表情。這時候廣播通知上車時間到了，

高語嵐背起背包驗票上車，找了個靠窗的位置坐下。過了好一會兒，車子開動，她的手機又

響了。

打開一看，這次尹則發的是圖片，是一個小男孩大哭的樣子，哭得鼻涕眼淚全下來了，嘴還張得老大，要多慘有多慘。高語嵐看著圖片，不知怎地，笑了。

心情似乎好些了，她抱著她的包包，靠在窗邊閉目養神。稍不留神，腦子裡都是尹則。我願做妳的胸脯肉，妳願做我的肋骨嗎？

高語嵐回到家，高媽非常吃驚，怎麼又不提前打招呼就回來了？出了什麼事？

「沒事，就是回來清靜一下，寫寫工作企劃書什麼的。」

高媽傻眼，這是多重要的工作，得跑到另個一城市裡寫啥企劃書？好吧，寫企劃書等於談戀愛出問題，她雖然年紀大了，可也能明白。她火速偷偷打電話給正在上班的高爸，讓他下班就回家，買些嵐嵐愛吃的熟菜。

高語嵐嘆氣，其實回家了她又有些後悔，讓爸媽擔心了，可是看到他們緊張又關心她的樣子，她又覺得很溫暖，果然還是親爹親媽好啊，永遠不會嫌棄她，不會對她有壞心眼。

高語嵐睏了，回房間睡了個午覺，晚上跟爸媽和和樂樂地吃了晚飯，席上她忍不住問：「三年前，就是我喝醉酒回來的那次，有沒有跟你們說什麼？」

高爸和高媽對視一眼，很警覺，小心翼翼道：「把鄭濤和齊娜罵了好幾頓算不算？」

「只說了這些嗎？」

高媽問：「嵐嵐啊，妳是不是遇到什麼事了？鄭濤他們又欺負妳了？」

「沒有，跟他們早沒往來了，我就是想不起那天的事了。」

「哦哦。」高爸猛點頭，「想不起來挺好的呀，傷心事想它幹麼？人喝醉了記不得事是正常的，沒關係了。」

高語嵐只得笑笑。確實沒關係了，尹則愛不愛她，關鍵也不在過去，在現在，在將來。

吃了晚飯，高語嵐看了會兒電視，手機就拿在手邊，可一直都沒有響過。尹則沒再聯絡她，連條簡訊都沒有。高語嵐鬱悶又傷心，沒多久就回房休息。高爸和高媽憂心，但沒敢問。

高語嵐回了房間，從背包裡拿出筆記型電腦，今天該發一篇美食文到部落格上，她記得呢。雖然他們吵架了，但該做好的工作她還是會做。部落格的文章和照片她早就整理準備好了，直接排好版發出去就行。

看了看部落格下面的留言，有些關於料理的做法和廚具知識的問題尹則都回覆了，時間在今天下午。高語嵐一條一條翻，看他的留言就看了好一會兒，一邊看一邊想像他說話的樣子，發現自己非常想念他。

她嘆口氣，覺得自己真沒用，接著又想到了尹姝，想到了溫莎，想到了尹則明知是什麼

情況卻半點都沒透露，那她在他面前抱怨吐苦水時，他到底在想什麼？

高語嵐關掉部落格，等她發現的時候，自己的手已經點開了尹則的微博。

今天又有更新，依然是轉發以前寫過的食譜，這次是水煮魚。

「我此刻的心情就像這道菜裡的魚片，在熱燙油裡煎熬，被燙熟，捲曲，盼著自己好味道地擺在某人面前，她若肯吃下，歡喜，原諒，我便滿足。」

這發言看得高語嵐心裡一擰，竟有些心疼起來。覺得尹則的魚片形容再戳人不過，她竟能感覺到被燙熟捲曲的痛，他今天跟她一樣不好過吧？

高語嵐咬了咬唇，想想這樣也好，他們都冷靜冷靜，分開一陣子是好事。

不過，這種心情只有當事人懂，因為微博下面的留言顯然完全沒感應到尹則的「煎熬」。

「不會這麼快秀恩愛的報應就來了吧？大廚男神，我祝福你！」

「你只心疼魚片，沒看到下面的豆芽菜在哭泣？」

「魚片不哭，到我嘴裡來！」

「請問這個吃下是我理解的那個吃下嗎？尹老闆，你這麼露骨的上床邀請，讓我以後如何直視水煮魚？」

高語嵐敗給網友們了，大家的想像力真不是一般的厲害。她翻了幾頁評論，看笑了。希望尹則看了評論心情也能好些。其實她現在已經不太氣了，她也不想他受到煎熬。事情是已經發生的，無法改變，她只是想從這事裡找到自己的位置，但她到現在也沒什麼想法，就是覺得不高興，很難過。

高語嵐打電話給陳若雨，跟她說自己回家住幾天，又說跟尹則鬧了不愉快，他瞞了她一件事，而她在這件事裡受過委屈，很在意。聊得亂七八糟，倒了許多心情垃圾，最後陳若雨問她：「妳是對自己沒信心，還是對尹則沒信心？」

高語嵐想啊想，「也許我是對愛情沒信心吧。」

這晚實在沒什麼事情可幹，她心情也不好，決定早睡。

臨睡前，高語嵐忍不住又刷了一下尹則的微博，他又更新了，這次是轉發她今晚在部落格更新的食譜。

「更新了！更新了！」後面很誇張地發了好幾顆愛心和飛吻。高語嵐想，他大概是覺得自己還在幫他更新部落格就是沒太生他的氣吧。居然高興成這樣，她腦子裡自動浮現尹則興高采烈的樣子來。

她笑了笑，決定睡覺。

翻來覆去睡不著，然後她的手機響了，她跳起來看，是尹則發的簡訊：「寶貝，我想妳，晚安。不生氣了就給我來個電話，好嗎？」

高語嵐把手機放在枕邊，沒有回簡訊，但這回睡著了。

第二天一早起來，高語嵐穿上運動鞋，跟高爸和高媽說她要出去跑跑步，一會兒回來再吃早飯。她精神不錯，高爸和高媽懸著的一顆心放了下來。

高語嵐搭計程車去了青松公園。

青松公園名字叫公園，其實也就是市中心的街心花園，挺大的，免費開放，供大家休息散步健身用。高語嵐到了那裡，站著看了看，這地方沒什麼變化，但她仍然想不起來。

她沿著公園小路跑了兩圈，跑得一身汗，日頭已經開始熱燙，太熱了，高語嵐依舊什麼都沒想起來，然後就回家去了。

回到家吃過早飯，她幫忙高媽收拾了廚房，打掃了家裡，接著坐下來認真寫企劃案。無論如何，工作做了一半，還是要有始有終。她還沒想跟尹則分手，就算分手不好再做「書香甜地」的店長，她也要把企劃書做完，不白拿他發的薪水。

高媽一看，女兒還真是在認真工作，又更放心了些，趕緊打電話給高爸報告情況。高爸說那就好，咱們先別追問她，她心情好了，找機會再好好聊。

一上午就這麼過去，期間高語嵐接到尹寧的電話，問她是不是跟尹則吵架了，又說尹則脾氣是有些差，要是哪裡讓高語嵐不高興了，請她原諒他，還說自己一定會幫高語嵐罵罵尹則的。

這讓高語嵐不知該怎麼答，好在尹寧也沒有追問，倒是高語嵐忍不住問了問尹則的狀況。

「還能怎樣，就那副死樣子。他一心情不好就不說話，平常有心情犯嘴賤就還好，現在不說話我才知道問題大了。嵐嵐啊，我不問你們怎麼了，一定是他惹妳生氣了，不過妳看在我的面子上，早點原諒他吧。不是我偏幫他，但他為人我很清楚，他真的是個好男人，雖然有時候是讓人生氣些，但妳好好教教他，他這麼喜歡妳，一定會改的。」

「他喜歡我嗎？」高語嵐問得小心。

「當然了！」尹寧拔高了聲調，覺得高語嵐這麼問簡直是不可思議，「妳居然懷疑這個？我跟妳說，雖然我唯一的一次感情經歷是失敗的，但我現在看男人也看得清楚了。如果他在妳面前笑得像個傻子，總做些孩子氣的事，那他是真的愛妳。當初林淵在我面前就是各種帥氣沉穩狀態一點不亂，那是他心裡沒有我，所以他才能冷靜演戲。尹則啊也愛鬧，但他不亂調戲姑娘的，所以我很早就發現他喜歡妳，他經常耍寶，無非是想要妳多注意他一點。」

「……」又不是饅頭，還耍寶吸引人注意咧！

「妳仔細觀察他，他愛不愛妳，能觀察到的。他只有在親近的人面前，才會變成神經病。

外人面前，他還是正常的大廚形象。」

高語嵐被那句「神經病」逗笑了。觀察他嗎？可她還在生他的氣，比對溫莎還生氣，所以最後她決定在家裡多住幾天，寫完企劃書再說。她對尹寧交代了幾句雜誌社那邊活動安排的事，細節她都談好了，經過上次的活動，對方也清楚「書香甜地」的情況，這次合作會更得心應手。下一期的活動日期定在九月一日，到時高語嵐肯定會回去。

尹寧答應了，會提前烤好蛋糕準備好飲品。

結束通話，高語嵐想再好好寫企劃書卻專心不起來了。她忍不住去刷尹則的微博。他中午的時候更新了，依舊是轉了一篇他從前寫的食譜——蓑衣黃瓜。

「等待的心情就像這菜裡的黃瓜，被正面切完反面切，最後被各種調味料醃拌。」

高語嵐撫額，以後還能好好吃黃瓜嗎？

下面的留言還是各種鬧。

「我靠，大廚，你還不如做黯然銷魂飯呢，黃瓜招誰惹誰了？」

「米飯也不服啊，憑啥要黯然銷魂？」

「男神，你別這樣，黃瓜還能挺立嗎？」

「男神的肯定沒問題，這不正愁沒處挺立去，蓑衣的顯然挺不了啦！」

這都什麼跟什麼！高語嵐嘆氣，人生啊，想傷心生氣就得離尹則遠一點，他的粉絲真的跟他是同一個路數的。他還說什麼事到了她這會變得好笑，其實他才是。

第二天，尹則的微博又更新了，這次發的是一張居家照片，照片裡是小巧但溫馨的客廳，一隻小狗坐在沙發上吐著舌頭賣萌。配圖文字只有一個字：家。

高語嵐看懂了。他是想說，有她的地方是他想要的家，可是，等等，他帶著饅頭占了她的窩嗎？不會她回去之後發現那地盤已經歸他了吧？

高語嵐又好氣又好笑，她發了條簡訊給尹則：「不許讓饅頭在沙發上尿尿。」

尹則回覆得飛快：「寶貝，妳快回來管教牠啊！！！！！！！！！！！」後面那一串驚嘆號驚心動魄，多得讓高語嵐只想回他一串省略號。

她最後還是沒有回，因為她想不到什麼話既自然又有氣勢，還能表明她的心情。

然而，她真是越來越想他了。氣消了，就只剩下思念。

她想她應該是嫉妒，嫉妒他對尹姝比對她好，他保護尹姝，卻忽略她的心情，而他真的愛她嗎？她現在不怎麼懷疑了。這晚她躺在床上，想著尹則，決定陪爸媽過完週末，週一就回去。

似乎剛睡著就聽到手機響，她爬起來一看，是尹則。看了看時間，都一點了，她趕緊接起。

「寶貝，我很想妳。」尹則一開口就是這句。

「這麼晚了，你明天還要上班，快睡吧。」她柔聲哄他，想說她大後天就回去了，可還沒說到那句，就聽見尹則道：「我在妳家社區門口。」

高語嵐一愣，「什麼？」

尹則報了街道名和社區名字，「我就在社區門口。」

他居然大半夜的開車過來！

高語嵐急得跳起來，火速披了件薄外衣就跑了出去，生怕被父母聽到動靜，還輕手輕腳開門關門，然後衝下樓跑到社區門口。左右一看，不遠處，一個男人倚在一輛車子旁，這距離看不清臉，但從身形姿態來看，高語嵐就知道是他，他居然真的來了。

高語嵐以百米衝刺的速度向尹則奔去，此刻她腦子裡心裡已經沒別的了，只剩下尹則。

尹則抬眼看到了她，頓時咧開了大大的笑臉。他張開雙臂，一把將撲過來的她緊緊抱住。

高語嵐很激動，抬頭看尹則，還沒來得及說話，就被尹則吻住了。

尹則的吻很霸道，高語嵐完全不想反抗。她踮起腳尖，迎合他的吻，想起他說他像水煮魚裡的魚片受盡燙油的煎熬，又說他像蓑衣黃瓜被刀凌遲，她忍不住笑了。

她一笑，他就吻不下去了，橫眉豎眼瞪她，「妳演錯戲了吧？現在不是久別重逢激情難耐的橋段嗎？妳這沒良心的女人，居然還笑！」

高語嵐還在笑，她抱著他的腰，把臉藏他懷裡。尹則把她的臉挖出來，捧著左看右看，親她的眉心，親她的鼻子，親她的嘴。

他說：「妳是不是瘦了？沒有我做飯，妳就吃不好對不對？」

「不對！」高語嵐對他皺鼻子。

這時尹則終於發現高語嵐的穿著打扮，單薄的睡衣外面罩了件外套，光著兩個小腿肚，趿了雙拖鞋。尹則趕緊把她往車裡帶，「夜裡涼，怎麼不穿好衣服再出來，著涼了怎麼辦？」

高語嵐只顧著笑。

尹則擁著她擠在後座，看到她的拖鞋，也笑了，「妳練過田徑拖鞋跑的項目吧？這麼飛奔過來，鞋子居然沒掉。」

高語嵐被他調侃得臉紅，伸手給了他一拳。

尹則滿臉討好，拿她的拳頭敲自己，「多打幾拳，打完就不氣了啊！我都認錯了，哪有生這麼久的氣不原諒的？」

高語嵐把拳頭收回來，咬咬唇不說話。

尹則又長嘆一聲，「妳現在真是厲害了，不過我一想是我教出來慣出來的，我又挺有成就感。嵐嵐，妳看，我這種妻奴，妳一定不能錯過了。」

高語嵐笑了，仰著臉看著他。他對她笑，眼角細紋顯得深了。她伸手去摸，他的眼睛真亮，鼻子真挺，眼角的小皺紋也很可愛。高語嵐剛認識尹則的時候，不覺得他帥，可現在卻是越看他越覺得順眼，覺得他真是好看。

尹則也不說話了，他咬她的手指，又低頭吻她，兩個人氣喘吁吁在後座纏成一團，然後他問她：「妳原諒我了嗎？」

高語嵐白他一眼，這不是廢話嗎？不過她確實也起了要好好考察他們戀愛深度的心。

「瞞妳是我不對，可那時候我要追妳，總不能一上來就說我就是害妳被公司開除的那個背影的哥哥，那妳還不得把我打出去？之後我們感情有進展，我也不敢貿然提，我怕妳會看不起姝姝，也怕妳對我好不容易有點好感就這樣沒了，再說特意說這事會很奇怪。」

「你有這麼怕嗎？我怎麼一點都感覺不出來？」高語嵐拍他一下，「狡辯！」明明他只會耍寶演戲，亂開玩笑，她一點也沒感覺到他在追她，更別提什麼戰戰兢兢了。

「真的。」尹則端正臉色，「我很正經的。」看了看高語嵐的表情，「好吧，我知道我在妳這裡的信任度被扣了很多分。」他歪歪頭，又問：「妳睏不睏？」

高語嵐搖頭，她現在見到他，心裡全是興奮，一點都不睏。

尹則咧嘴笑，「我也不睏，雖然幾天沒睡好，不過看見妳，我就覺得一點都不累，我帶妳去一個地方。」

他出了車子，轉到駕駛座去。高語嵐也移位副駕駛座，完全不擔心他要帶自己去哪裡。

車子開起來，駛了一段路後，高語嵐知道了，「青松公園？」

「對，我想告訴妳我們第一次見面的事。雖然妳不記得了，但我不會忘。我不是因為妹妹的事才假裝愛上妳，我得證明這一點。」

高語嵐看著他的側臉，她覺得她不需要他用三年前的事證明，但她很好奇那時候究竟發生過什麼事。

第五章

讓人又哭又笑的真相

此時已經半夜快兩點，青松公園裡沒有人。

高語嵐堅持說她不冷，於是尹則帶她走進了公園，來到一個長椅上坐下。

「就是這裡。」他說。他找這個地方的時候在路上並沒有猶豫，也沒有東張西望，而是徑直牽著她就過來了，顯然對這裡很熟。他似乎知道高語嵐在想什麼，笑了笑，「我之後又來過好幾次，想著有沒有可能會遇到妳，結果都沒有，但對這裡卻熟悉了起來。」

「你來找過我好幾次？」

尹則沒好氣地斜她一眼，然後堆起悲傷的表情，「對，所以妳知道當我發現妳這沒良心的居然不認得我時，我的芳心碎了一地。」

「沒看出來。」高語嵐戳他的臉，又演，還芳心呢！

「唉，妳戳我的臉，證明妳是愛我的。」尹則拿臉蹭她的手，「妳想把我戳醜了，讓別人看不上我，妳就能達到獨占我的目的了，是不是？」

「你到底要不要說當年是怎麼回事？」高語嵐又戳他，這人太愛演了。

尹則大笑，捉住她的手，「妳記不記得三年前，呃……其實是三年多，三月四日那天。」

高語嵐安靜下來。那年二月二十八日是元宵節，那天她記得特別清楚，她們一群同學出去玩，她被打了一巴掌，被罵是賤人。她被大學同學陷害，被自己的閨蜜汙衊，被她相戀七年的男朋友甩了，她當然記得。

那陣子特別難過，她的朋友們都疏遠她，她連個傾吐的對象都沒有。有一天，她特別特別的難過，跑去買醉了。她喝了酒，不敢回家，想找個沒人的地方哭，她隱約記得好像是青松公園，但她不確定是哪一天了。

尹則斜眼瞪她，「妳一喝醉就失憶了，是不是？」

「哪有？」高語嵐臉紅，她這輩子就醉過兩次，哪能判定她一喝醉就失憶？

「那妳說，妳搶饅頭那次，如果不是我第二天找上門來，妳會記得是怎麼回事嗎？」

她記不得，她還以為她搶了個男人。

她心虛得看了看尹則，尹則正一臉鄙視地瞅她。

「你廢話真多，到底要不要告訴我！」高語嵐惱羞成怒。

「就是妳喝醉了，在青松公園對我這樣那樣，那樣這樣，事發後，妳揮揮衣袖走了，留我一人獨自傷心。三年後，妳再次出現，攪亂了我的一池春水。」

「騙人！」

「句句真話。」

「什麼叫這樣那樣，那樣這樣？你說具體一點。」

「妳真想知道？」

「對。」

「很羞人的！」尹則捂臉狀。

「影帝先生，容我提醒你，我們還有舊帳沒算清，你再不正經，我就不理你了。」

「哎，別這樣！」尹則迅速放下手，端正臉色，「我可嚴肅了，我要開始說了啊！」尹則握住高語嵐的手，捏了捏，慢慢說開了：「那個時候，我餐廳生意不好，農場剛開始賺錢不久，要負擔餐廳和我姊的那家店，錢根本不夠，我壓力很大。」

高語嵐點點頭，她能理解。

「我那時候處在一個很尷尬的時期，如果結束餐廳和我姊的店，負擔就會少很多，但是我姊那時狀況剛剛好一些，妞妞不到兩歲，正是黏人可愛的時候，我姊每天帶帶孩子，又有店可以忙，開始有了生活寄託。妳別看她現在好好的，那幾年我是真的很擔心，我已經失去父母，不能再失去她。」

尹則把高語嵐的手十指交握，握得緊緊的。他每次一說到往事，高語嵐就覺得心特別軟。

尹則接著說：「所以，那個時候，我看她開心又充實，我就很猶豫，我不想關店，無論是餐廳還是她的店，我要是關了，她會擔心，而一旦我放棄了鬆懈了，承認失敗，我想我不會再有勇氣開店了，我不想認輸。」

高語嵐只看到現在他的餐廳經營成功，卻沒料到當初竟然還有快倒閉的時候。

「於是，我決定再努力一下，找找這生意不賺錢的原因。我那時賣的是家常菜，利薄。我自認料理不錯，回頭客也是有的，但妳知道這個地段很好，所以租金貴，我也有一些特色菜，但成本一高，菜價一貴，賣得就不好。我思前想後，琢磨了很多，最後還是覺得是我這沒什麼招牌特色的原因，針對的顧客群也不太對。後來，我到處找知名的餐廳去吃飯，學習人家的賣點，品嘗他們的推薦菜，但我還是沒有頭緒，不知道要怎麼改良餐廳才好，時間越拖越長，我手上的錢快不夠用。」

高語嵐聽得津津有味，這是尹則的創業史啊，比她那什麼狗血被人拋棄的故事精彩多了。

「後來呢？」她問。

「有一天，我來了C市。這裡的江濱路有一家阿福紅燒肉店，店不大，菜色品種少，但生意火爆，名氣都傳到外市去了，我是特意去考察那家店的。」

「那店對你有啟發嗎？」

「也算有吧。」

「是什麼？」

「其實他家的紅燒肉不見得比我做得好吃。」

好臭屁的人啊！高語嵐捏他的臉，尹則笑笑，「真的，我說的是實話。」

「做得不如你好，就是啟發？」

「不是。我那時是想，我也做得出來，為什麼我的紅燒肉沒有他的有名。」

「人家是老店嘛！」高語嵐從小就知道那家店了，老字號，出名很正常。

「還有炒作。」尹則說道：「連我這從來沒到過C市的人都慕名而來品嘗，妳說這名聲炒作得多成功。」

「所以，你也想炒一把嗎？」

「我不知道該炒什麼。」尹則說：「我那天晚上就一直走，一邊散步一邊想這個問題。我走啊走啊，累了，走到一個花園，抬頭一看，青松公園，我就去坐了坐。我坐了一會兒，還沒有想到什麼好主意，心裡煩，就開始抽菸，這時有個醉貓走過來……」

「貓怎麼會醉？」

「比喻，這是比喻好嗎？」

「哦，是說牠搖搖晃晃像喝醉了……」所以尹則當時撿了一隻貓嗎？他真的好愛撿東西。

「不，是用貓比喻人！」尹則沒好氣，這妞兒腦袋裡打結嗎？

「哦哦，那你就說有個醉鬼走過來嘛。」

「好，那時有個醉鬼走過來，手裡還抱著一打啤酒，哭哭啼啼的，坐在我旁邊。」

「咦。」高語嵐忽然反應過來了，「是說我嗎？」

尹則不理她，接著說：「我當時想換個地方，可左右一看，周圍沒別的椅子了，我又很累，不想再走，就想著不理她，繼續抽菸。」

「是不是在說我？」

「那醉鬼一身酒氣，還一邊哭一邊喝啤酒，喝完一罐就隨手亂丟，很沒公德心。然後哭著哭著，鼻涕口水全出來了，髒得要死。」

「喂！」高語嵐拍他一下，說得這麼過分，肯定就是在說她了。

尹則笑，「幹麼打人，我說的句句實話。」

「你肯定是故意醜化我！」

「真沒有，我當時應該拍照下來給妳看看。」

高語嵐嘟嘴，伸手掐他，尹則哈哈笑，抓住她的手，「妳還要不要聽？」

「快說！」

「然後我就實在受不了啦，正準備要走，結果那醉鬼拉著我的衣服問我有沒有面紙。我身上還真有，就給她了。她擦乾淨臉，接著哭接著喝，於是臉又髒了。幾個回合下來，面紙用光了，她又跟我要，我沒有了，她就罵我小氣，說我不講衛生，為什麼面紙都不帶。」

高語嵐猛搖頭，「那絕對不是我！」

「妳覺得過分吧？」

高語嵐不答，死都不能承認是她，反正她一點印象都沒有了，不是她幹的。

「我告訴妳，還有更過分的。她罵完我，捶了我幾拳，從自己的包包裡掏出了面紙……」

高語嵐一臉黑線，這更不是她了，絕對不是她！

「嵐嵐啊，妳對這事怎麼看？」

尹則看著高語嵐就是笑，她當初就是這麼糗的，他每每回憶，總是笑個半死。現在看她一臉糗樣，他就好想逗她。

高語嵐咬咬牙，想半天，她能有什麼看法？

「好賤啊！打你你都不走？」

「我倒是想走，人家不讓。」

「為什麼？」

「誰知道，也許賤賤惹人愛？」尹則抓起高語嵐的手咬一口。

「我才不信！」

「真的，妳拉著我，不讓我走。妳說沒有人相信妳，妳說愛情是假的，友情也是假的。妳說妳想離開這裡，找個沒人認識妳的地方。」

高語嵐安靜了，她想那確實是她了。因為那個時候，「離開這裡」這個念頭一直控制著她的大腦，她的憤怒、悲傷最終讓她離開了家。

她靜了一會兒，問：「我還跟你說了什麼？」

「妳罵我臭。」尹則一臉無辜，「明明是妳自己臭得要死，妳還罵我臭。」

「哈……」高語嵐想像了一下，覺得這情景很好笑，「然後呢？」

「然後我就對妳說，妳才臭。」

高語嵐哈哈大笑，又去戳尹則的臉，「你才臭呢！」

「哎，就是，妳那時候也戳我。妳問我妳哪裡臭，我就問妳我哪裡臭，然後妳說我抽菸臭死了，我就告訴妳妳一身酒味，臭死了。」

高語嵐一邊聽一邊笑，催著問：「後來呢？我揍你了沒？」

尹則白她一眼，「妳怎麼總想著打人呢？妳沒揍我，妳請我喝酒，硬塞啤酒給我，讓我喝，我想妳大概是覺得讓我也臭一臭吧。」

「你喝了嗎？」

「喝啊，不喝白不喝！」

高語嵐很佩服他，「不認識的人給的，你也不怕加了料。」

「不怕，反正妳也不怕。」尹則說：「我也把菸遞給妳抽了，讓妳也臭一臭。」

「我才不會抽！」高語嵐大叫，她從小就是個乖寶寶，認真、聽話、懂事，從來沒抽過菸，而且她超級討厭菸味。

「妳抽了。」尹則想到又是笑，「妳不但抽了，還是用搶的，很用力地連吸了好幾口，攔都攔不住。」

「不是吧？」高語嵐又傻眼，喝醉了就會抽菸了？

「然後妳就狂咳嗽，就發脾氣，還動手揍人。」

「我又打你了？」高語嵐已經不知道該說什麼好了。

「嗯，不過這次我不理妳，我走了。」

「你走了？」高語嵐大叫：「你就這樣把我一個人丟在那裡？我喝醉了耶，你也不怕我遇到什麼壞人流氓之類的？」

「小姐，妳要是看到妳那時候的樣子，妳就會知道，別說什麼壞人流氓了，就算是外星人來了，妳也不怕。」

高語嵐語塞，想了想，「我能平安到家，真是福大命大。」

「妳想得美呢！」尹則道：「最後還是我送妳回家的！」

「你不是走了嗎？」

「是啊，可是我一走，妳也走，妳抱著剩下的三瓶啤酒跟在我屁股後面，甩也甩不掉。而且妳跟蹤就算了，妳還一路在後面嘮叨，一邊嘮叨一邊哭，都不知道妳哪來這麼多眼淚。」

「那一定是憋太久了，人家在家裡怕爸媽擔心，都沒敢好好哭。」

尹則嘆氣，伸手把她攬住，「妳跟著我就算了，嘮叨也就算了，但妳很委屈的一副可憐相，讓路人以為我們是情侶吵架。一個遛狗的大嬸還好心勸我別跟妳生氣了，說小女生怪可憐的。」

「嘿嘿！」高語嵐傻笑，「大嬸真好心，是個好大嬸！」

尹則斜眼，「可是醉鬼衝上來把好大嬸罵跑了。我好怕醉鬼把大嬸打了，所以趕緊把她拎走。於是，我們又回到了青松公園。可是那麼不巧，那條長椅上已經有一對情侶坐了。」

「所以你就送我回家了？」

「不，我還沒想好怎麼辦，妳就已經揮舞著啤酒罐衝上去大喊『這椅子是我們的』，那副女流氓的架勢，把人趕跑了。然後妳像沒事人一樣招呼我坐，很豪邁的又灌了自己一瓶啤酒。」

高語嵐不發表意見了，看來那個晚上她還真是被怪獸附身。

尹則繼續說：「妳拉著我聊天，妳說自己的事說得亂七八糟的，我也沒聽懂，反正就是男朋友把妳甩了，朋友也陷害妳，但具體是怎樣我沒聽懂，妳就反覆說妳要離開這裡。然後妳就問我的事，問我為什麼在這裡，是不是想晚上在這裡泡妞，又說晚上不安全，讓我不要一個人在街上晃。」

高語嵐真是一臉黑線，她最後掙扎一下，「你一定是騙我的，都三年多了，怎麼可能記得這麼清楚？連我最後剩下三瓶啤酒跟著你走都記得，還說了這麼多話。你怎麼可能記得？你一定是騙我的，要不，就是誇大其辭。」

「我絕對沒誇大，事實上，我的語言能力形容不出當時妳的糗態的三分之一，如果妳遇上這麼一個人，又跟她聊了一晚，妳一定會印象深刻，再也忘不了。別說三年，三十年後我們再說這事，我保證還記得清清楚楚。好了，妳別老打岔，我還沒有說完，重點在後面，妳擒獲我芳心的重頭戲。」

高語嵐撇嘴，「你好變態，我都糗成這樣了，像個女流氓似的發酒瘋，你還能獻出你的芳心，太可怕了！」

「喂，不許說我心上人的壞話！」

高語嵐覺得好笑，又去戳他的臉。

尹則抓住她的手，開始說了：「我那時原本心情也很糟，我的壓力和煩惱沒什麼人可以傾訴，妳一直問我一直問我，我終於把餐廳的事說了出來，反正我們互不相識，而妳也不過是個醉鬼，我就當妳是個垃圾桶，吐一吐糟糕的情緒。我說完了情況，我問，餐廳要賣什麼才能紅火，我想賺很多錢，然後妳就罵我笨，妳說這太簡單了，就賣虛榮心。」

高語嵐呆了一呆，「原來人喝醉了，智商會高一點。」

「我問妳賣虛榮心是怎麼個賣法，妳說讓那些人不是來吃飯的，是來當大爺的，而且大爺不是人人都能當得了的，有錢也不一定能當上，讓他們排隊，讓他們吃不上飯。在家裡能做的菜在餐廳賣沒什麼意思，別家餐廳能做的菜也沒什麼意思，拚不了便宜的，就拚別家沒有但是能賣得很貴的。」尹則看著高語嵐笑，「其實妳說得挺瘋的，要是早幾個月有人這麼跟我說，我一定覺得是神經病，但我那幾個月想了很多很多，看了太多的店，其實我也有些想法，但總是沒有點透，所以妳這個貌似不靠譜的主意，忽然讓我受了啟發，我覺得妳說的對，就得賣虛榮心。」

「哇哇，那你的餐廳要分我股份，是我讓你發達的！」

「笨蛋，妳把餐廳老闆收了，連人帶店都是妳的，還要什麼股份？真是目光短淺啊！」

尹則斜睨她，「妳說，妳什麼時候收了餐廳老闆？」

「現在沒空，正聽故事呢。」高語嵐很敷衍地把餐廳老闆打發，接著問：「後來發生什麼事了，你就送我回家了嗎？」

「妳一直喋喋不休，出了很多主意。妳說光貴也不行，要編得讓人覺得貴得值又稀罕，總之說了很多話。後來妳又哭了，妳說妳七年換來背叛，妳想剁了妳男朋友和那兩個害了妳的朋友，把他們的肉送給我包包子賣，還取名『消滅賤人大肉包』，定價44塊，說是人渣都要死一死的意思。然後我說我送妳回家，妳說有人陪妳聊天妳很開心，妳約我明天在這裡再見面，我答應了。」

高語嵐一聽這個，心道要糟，她回去之後睡一覺起來什麼都記不清了，只記得自己在一個地方哭夠了，好像跟人說了話，什麼明天在這裡再見面，她完全沒印象。

果然，尹則正瞪她，他說：「我叫車送妳回去，妳這傢伙說不清要去哪裡，瞎指揮，司機說應該這麼走，妳說的社區是這邊，妳說不是，非讓司機走另一邊，原本二十分鐘就到的地方，妳拐著人家跑了五十分鐘，我下車付錢的時候，司機那同情的眼神啊……」

尹則咬牙切齒，「妳這沒良心的，我窮得要死，還得幫妳付天價的車錢，這不算，一回頭妳就不見了，趁我付錢的時候，妳自己跑進社區消失了。我想妳都到了家門口，應該沒事，結果第二天我去青松公園等妳，妳卻沒有來。」

「對不起嘛，我真的不記得了。」高語嵐有點內疚，好心痛那計程車費啊。難怪他今天開車過來找得到她家社區門口，她明明沒跟他提過。

尹則哼了一聲，接著說：「我在青松公園等妳一天，一邊等一邊有了好主意。妳沒有來，我到妳社區口轉了幾圈，也沒看到妳，就回A市了。之後我就將餐廳轉型，結合農場，炒作概念。後來餐廳很成功，也賺了錢，可我還一直惦記著妳，不知道妳怎麼樣了，妳那男朋友有沒有跟妳道歉，你們有沒有復合，也或者妳真的離開了那個地方，找到了新的生活。我又去過幾次青松公園，也去過妳家社區口轉，但都沒有再見過妳。」

「後來，我在街上遇到了饅頭，牠可憐兮兮地一直跟著我，我想起妳當時抱著酒一邊哭一邊跟在我後面走的樣子，我就收養了饅頭。很久之後的某一天，我正帶著饅頭散步，有一個醉鬼從路邊的酒吧衝出來，大聲嚷嚷著要找個男人。她朝著我跑了過來，我定睛一看，就呆住了。」

高語嵐嘿嘿傻笑，全是糗事，她真是，啊，往事不堪回首！

「我一發呆，就給了那醉鬼可乘之機，她踢我了兩腳，又使勁推了我一把。我身後正好有臺階，就倒在地上，扭到腳了。那醉鬼抱著饅頭跑了，我當時心裡氣啊，久別重逢，居然這麼暴力，還搶我家的狗，雖然都是男的，可是這差別也太大了吧？」

高語嵐還是笑，繼續傻笑。

「我想我這次一定要找到她，就記下了車號，找了雷風，追查到妳家，第二天就找上門來了。我想過許多我們見面的情景，我以為妳會驚訝地說『哎呀，居然是你』，可是妳沒有，妳完全不記得我是誰，妳也不記得前一天晚上搶狗的事。妳傻乎乎的，跟三年前一樣好玩。」

尹則終於把事情說完了，抬眼瞅著高語嵐。

高語嵐清清喉嚨，「好吧，這麼聽起來，你還不算太變態，我以為你去一個陌生女人的家裝殘疾是你的惡趣味呢！」她想了想，又問：「所以你喜歡我，是因為我揍你了，然後又幫你出了點子，讓你賺了錢？」

「妳的總結能不能更合理一點。」

「難道不是？通篇聽下來，我就記住我揍了你，和幫你賺錢了。」

「妳真是太會找重點了！」尹則沒好氣，「那換成妳，妳說，我英俊瀟灑風流倜儻玉樹臨風幽默風趣出得廳堂入得廚房，所以深深把你吸引住了對不對？」

高語嵐嘿嘿傻笑，說：「比較起來，我覺得很可能你前面說的對。」

「什麼？」

「你賤賤惹人愛？」

尹則盯著高語嵐笑，「妳承認愛我就行。」

高語嵐臉一紅，端正坐好，「你別忘了，我們現在還在觀察期。」

「觀察什麼？」尹則有些急了，「明明都解釋清楚了不是嗎？妳懷疑我對妳虛情假意，現在我不是也告訴妳原因了？或者妳需要我把溫莎和姝姝拎到妳面前來道歉？」

高語嵐不說話，她倒覺得不至於。溫莎那邊她是已經說清楚了，姝姝對她不錯，又害羞，要這麼鄭重其事讓兩個人到她面前道歉，她其實覺得挺尷尬的。事情過去了，她對這兩人的惱怒其實真沒有對鄭濤和齊娜強。

尹則嘆了一口氣，「其實我對姝姝也是很心疼的，雖然我們不是同一個媽生的，雖然她媽媽搶走了我爸爸，雖然她媽媽為了報復我們惡意霸占我爸留給我們的遺產，但姝姝是不一樣的。那時候我們日子過得很不好，我沒學歷，只能做很辛苦但是錢又少的工作，姝姝省吃儉用，把她的零用錢全給了我，她對她媽媽說謊，經常這裡要點錢那裡要點錢，然後都省了下來。她不買新衣服，不買化妝品，在學校裡吃最便宜的菜，省了錢，全接濟了我們。」

高語嵐緊緊握著他的手，尹則低聲說：「在我心裡，她是最好的妹妹，跟我姊一樣重要。」他頓了頓，看著高語嵐的眼睛，「跟妳一樣重要。」

高語嵐被他的眼神吸引住，心裡一蕩，情不自禁仰了臉探過頭去。

尹則的吻壓了下來，兩人的唇瓣一碰，他將她緊緊抱住。

「我其實，很願意學游泳的。」高語嵐被他吻得臉紅撲撲，「我只是覺得很嫉妒姝姝。」

「是我不好，讓妳對我沒信心。」尹則自我反省，這樣的他，讓高語嵐覺得很不習慣，忍不住笑了出來。

「笑什麼？」尹則很不滿意，拉拉她的頭髮。

「我那時候打你，痛不痛？」高語嵐問。

「痛啊，不痛怎麼會印象深刻？」

「所以你真是個怪人啊，要是我碰到這種醉鬼，還打人，我肯定走了，怎麼可能惦記？」雖然那個醉鬼就是自己，但高語嵐實話實說。

「也不是這樣，嵐嵐，那個時候，我覺得我快被壓垮了。其實我很明白，那時候開店太急進，我沒那麼厚的底子同時承擔三個地方的生意投入，但我那時腦子發熱，農場開始賺錢後我得意忘形，我想我要在最好的地段開最好的店，讓那個欺負我們姊弟倆的死女人看看，我媽媽的孩子，不是她能打垮的。」

高語嵐抱緊他，覺得真心疼。

尹則繼續說：「而我姊嘛，她好不容易才能正常生活，她受到傷害的時候我沒能阻止，但我一定要讓她過得很好，要讓那個人渣看到她過得很好。所以，嵐嵐，妳看，人就是這麼貪心，我當時一路走一路想，一邊想著怎麼樣才能讓店裡的生意好起來，一邊又想著我死守著那兩家店為什麼，我為什麼輸不起？店要是關了，我姊一定會擔心，她會不會再消沉下去，會不會再責怪自己是她拖累我，但其實這會不會又是我給自己找的不肯認輸的理由？」

高語嵐聽懂了。那個時候，她對爸媽說A市大公司多，工作的機會多，薪水高，她奮鬥幾年，比在C市混十年都強。她心裡也是這麼告訴自己的，所有的客觀條件擺出來，A市就是比C市強。只是當她自己獨自在這座城市擠在上下班的路上，假日裡自己默默看電視上網沒人陪，她也曾想過，A市所有的好，是不是她給自己找的逃避的理由？

「我們是一路人，嵐嵐，雖然妳醉得亂七八糟，說話不清不楚，但妳嚷嚷妳想離開，那也是我的心情。我也想離開，去一個沒有人認得我的地方。我好累，我撐了好幾年，最苦最絕望的時候我都是幹勁十足，可那天我忽然覺得好累，我也想逃開。」

「卻覺得，去了哪裡都逃不開？」

尹則捏捏她的手，「對，心裡在意，去哪裡都逃不開，但是妳把這麼難過的事弄得很好笑，我明明情緒很低落，卻被妳鬧得沒脾氣，所以我印象非常深刻，以致於這三年裡我總會想起妳。妳明亮的眼睛，紅撲撲的臉，妳揮舞啤酒罐搶座位，一邊罵人一邊說自己好慘，我想著妳，不知道妳現在怎麼樣了？也許是因為見不到才會惦記，而當我再看見妳的時候，那種心情簡直無法形容，然後我上門找妳，妳還是那麼可愛。我去溫莎那裡詢問她陷害妳的事，我問了許多關於妳的問題。我知道妳很努力很認真，工作表現很好，那時妳出現了，妳站在公司走廊，瞪著眼睛，努力裝出凶悍的樣子來，我那時候就想，我真的太喜歡這個女生了。」

高語嵐靠在他的肩頭，心裡軟得一塌糊塗，如果有這麼一個男生對妳說這樣的話，要說不感動是不可能的。

「可我還是覺得有點快，尹則，我的經歷是，談了七年的感情，最後也有淡掉毀滅的一天，那時候我也努力在經營，可結果並不好。現在太快了，我真的挺慌的。如果我們的感情不夠牢固，那某天你突然發現我不再可愛了，不再能讓你開心了，怎麼辦？」

她握著他的手，他的手指修長，皮膚比較粗，膚色也比較黑，與她這不沾陽春水的手相比，真是差別很大。她握著他，手指與他的交叉緊扣，他也緊緊握著她的。

「尹則，從前你罵我的都對，是我的態度問題，自己對自己認真還不夠，還需要讓別人也對自己認真。我決定要好好改正，我希望我能變得讓你對我很認真，不是不開玩笑不耍寶的認真，是很重視我的每件事的那種認真。這種重視，是重視我的意見，重視我的看法，重視我的感受。尹則，你是一個很好的男人，但你太累了，你把所有的事情都自己扛，這並不好。所以，造成了你的大男人脾氣，大家都得依靠你你才覺得踏實。你姊姊這樣，你妹妹這樣，現在你覺得我也應該這樣。」

尹則張嘴想辯解，可高語嵐搶著繼續說：「我不想這樣，尹則，我想讓你也能依靠我。像尹寧姊，她單純浪漫，什麼事都可以不管，那是被你慣的。你覺得她做不了什麼，又怕她受傷害，但其實如果你放開手，她脫離了你的保護，也許她也能做出成功的事來。我想過了，尹則，我覺得沒有安全感，不是不相信你，不是不相信我自己，我想是對感情這件事沒把握而已。而這個把握，我想我們一起慢慢走，一起找到它，好嗎？」

「好。」他低頭，用眼神示意她。

高語嵐微笑，紅著臉把唇送上了，讓他吻住。

「不是一有好事就樂昏頭，也不是一有壞事就愁眉不展，我希望我是能好好生活的高語嵐。我想這樣，行嗎？」

「行。」他應了，再吻住她，「這是我愛的高語嵐。」

「尹則，我們現在這情況，你還能想出什麼菜嗎？」她忽然很好奇，如果他要發食譜還能發什麼。

「荷塘月色。」尹則對她擠擠眼，左前方有個小小的池塘，周邊綠樹香花，很是浪漫，「別拿食譜考我，我容易得意。」

沒人考你，你也容易得意好嗎？

高語嵐白他一眼，「不就是蓮藕炒銀杏加黃瓜片嗎？我吃過。」有什麼好得意的，這菜跟現在這個情景沒什麼搭配，就是名字好聽。

「妳在開玩笑？」尹則睜大眼故作驚訝，「我可是高級餐廳超級大廚，怎麼會做這麼家常的菜？跟我回去吧，我做我的荷塘月色給妳吃。」

「不行。」雖然高語嵐很想答應，但還是狠下心拒絕了，她也有她的生活節奏，說好了慢慢來，就是大家各自安排好日子怎麼過，「我都回來了，怎麼都得陪我爸媽過個週末。我下週回去，正好在這邊清靜，把企劃書寫完，回去後幫著雜誌社把會員活動做好，緊接著就是我們自己的業務要開展了。」

尹則不說話，高語嵐看著他，一臉堅持。

「好吧。」尹則嘆氣，又吻住她，「那我們算正式和好了，妳以後不許翻我舊帳，不許再偷偷跑掉。」

「那你有事也不許瞞我，也不許偏心你家裡人。」

「哼，我還不夠偏心妳？好幾天沒睡安穩，今天實在沒忍住，大半夜開車過來。妳也真是狠心，竟然不回簡訊不回電話。」他嘀咕著，「算了算了，我大人有大量，不跟妳計較！」

高語嵐心裡很甜，但還要教訓他：「以後你不許開夜車了，太危險了。」

「那妳也得有簡訊必回，有電話必接。」

「行。」像孩子一樣地甩了甩手，兩個人一起笑。

「我不想放妳回去。」

「不行，你得找個賓館睡一覺。」

「我不想一個人待著。」

「不行，我家裡沒地方讓你睡。」

「我可以睡地板。」

「我爸媽看到我半夜領個男人回家會嚇死。」

「不會，妳太低估咱爸咱媽了。」尹則裝可憐，「要不，我在車上窩一晚，反正離天亮也沒幾個小時了，熬到天亮了我再去敲門，這總行吧？」

「不行，我家真的沒地方，你也不許窩車上，裝可憐沒人理。你就找個賓館好好睡一覺，睡醒了來找我，再介紹你給我爸媽。啊，你明天店裡有事嗎？要不要趕回去？」

尹則認真想想，「有我當然更好，沒我也沒差，明天我打個電話給店裡交代一下就好。」他笑起來，眼睛明亮，「讓我留下來跟妳家裡一起過週末嗎？然後週一我們一起回去？」

「如果你表現好的話就可以。」她拿喬，頭抬得高高的。

尹則哈哈大笑，緊緊抱住她。

之後兩人在附近找了個賓館，尹則去開好了房間，再出來送高語嵐回家。

高語嵐要自己回去，他堅持，「妳穿成這樣走在街上，人家會以為是瘋婆子，會報警的。」

「……」

「或者妳考不考慮，我們共度良宵之後明天再一起回妳家。」

「……」高語嵐都不用答，只是看著他。

「好吧，為了岳父和岳母的好感……」他喃喃自語，那撇眉頭的愁苦模樣讓高語嵐大笑。

回到家裡，她輕手輕腳打開門，像作賊一樣。

父母都沒有醒，她安全回到床上，睡不著，發了簡訊給尹則：「你回到賓館了嗎？」

「到了，妳要來嗎？」死性不改就愛調戲。

「晚安。」高語嵐笑著，心情非常好。所有的不確定，都在他千里迢迢趕來見她的時候煙消雲散了。高語嵐有些小得意，有些小甜蜜，然後睡著了。

第二天，高語嵐被高爸和高媽早起的聲音吵醒。她一看錶，才睡了四個多小時，可她精神很好，乾脆爬起來，勤勞地收拾家裡，這裡掃掃那裡擦擦，務必要給尹則一個好印象。

高爸和高媽有些傻眼，這一大早的，怎麼開始打掃起來？高語嵐很害羞，說今天會有一個朋友來。高爸和高媽互看一眼，明白過來了。於是，一家三口發揮勤勞的美德，家裡很快就煥然一新。

高爸、高媽有些著急，問幾點到。高語嵐捨不得吵醒尹則，覺得該是中午。老兩口一合計，出門買菜去，要露一手給女兒的男友看。高語嵐剛進廁所坐下，沒來得及報告她家影帝先生是大廚，媽，妳就別露妳那一手了。

這時候門鈴響了，打開門一看，一個高個子挺拔有形的年輕男人站在外頭，乾乾淨淨，端正又有精神。

「我是尹則。」他說，聲音還很好聽。

高媽頓時年輕了二十歲，「哎呀，是尹則啊！快，快進來！」尹則就是女兒的男朋友吧？是叫這名字嗎？高媽轉頭用眼神問高爸。高爸也有些愣，他不記得女兒說的男朋友的名字了，反正是兩個字的沒錯。

「呃，你認識高語嵐嗎？」高爸覺得還是謹慎些，別又搞烏龍了讓女兒不好看。

尹則笑了，剛要回話，坐在馬桶上聽到老爸問話，差點要撓牆的高語嵐大聲喊：「尹則，我在廁所！」

「哦。」尹則不回高爸的話了，直接先安撫一下女友，「妳別急，慢慢拉，沒事，我跟爸媽正聊著呢！」

高爸和高媽心裡頓時踏實了，看來就是這位沒錯，連上個廁所都能搭幾句。

廁所裡的高語嵐垂頭喪氣，怎麼每次都是上廁所的時候有男人進門呢？偏偏她還沒那麼快，真著急。

門外聯絡感情的人打得火熱，沒聊幾句，高媽趕緊說要去買菜，尹則說那他陪著去吧，中午他來下廚。高爸一聽尹則要去，那他當然也得跟著，於是在高語嵐出廁所前，三個人已經興高采烈地出發了。

慌忙出廁所的高語嵐，最後只能留下來看家。她不放心，打電話給尹則，想囑咐幾句，結果尹則剛說了句：「嵐嵐……」手機就被高媽拿走了，「我們跟尹則聊得正熱，妳先別插話。」然後掛斷電話了。

高語嵐鬱悶啊，親媽，妳是親媽吧？

親媽和親爸帶著尹則買菜買了一個多小時才回來，三個人拎了一大堆東西，除了菜，還有調味料和廚具。高語嵐心想，肯定是大廚職業病犯了，嫌棄她家東西不夠，工具不好。

三人回來後繼續聊天，沒高語嵐插話的份，之後尹則就進廚房做菜去了。好不容易趁爸媽回房間說悄悄話去，高語嵐趕緊進廚房，抱住了尹則的腰。

尹則回頭對她笑，「妳放心，爸媽對我很滿意。」

高語嵐臉紅，她才不是擔心這一點。她把臉靠在尹則的肩上，尹則低頭親親她的髮頂。她抬頭，兩人鼻子對鼻子，正打算親一口，高媽突然出現了。高語嵐嚇了一大跳，結果高媽反應更大，抱頭跑了，再沒出現過，連高爸也不出來了。

高語嵐覺得好笑，看尹則也笑，她忍不住咬他一口。

尹則只用了一頓飯的工夫就完全征服了高爸和高媽，兩位老人家一致認為高語嵐嫁過去每天能吃到這麼好吃的飯菜，簡直就是占了大便宜。

「哪有用飯菜來衡量幸福的？」高語嵐頂嘴。

「不止是飯菜，人家還大半夜開車過來跟妳認錯，哄妳高興呢？妳爸這幾十年都沒幹過對我這麼好的事。」高媽完全不把尹則當外人了，「有福就先享著，以後他對妳不好了，媽肯定不放過他。」

高語嵐無奈地看了尹則一眼，就說中午吃飯不要喝酒嘛。尹則笑得溫文爾雅，回視了高語嵐一眼，那意思高語嵐明白，是笑話她喝了酒也會一樣的。

「媽，吃螃蟹。」尹則夾了塊大螃蟹給高媽，又對高語嵐笑。

高語嵐又明白意思了，她家影帝是想說，把岳母寵得橫著走，他也是樂意的。

高語嵐同情地看了高爸一眼，再回尹則一個眼神，你也不看看人家老伴的意見。

尹則對她笑，笑得高語嵐臉紅了，笑得高爸和高媽很滿意。

這一天，高爸、高媽都沒閒著，不停在跟尹則說話，實在是把尹則從出生到現在的所有事都打聽清楚。知道他還有店和農場的生意要顧，趕緊趕他們回去，又聽說原來高語嵐現在是在尹則姊姊的店做店長，在幫尹則賺錢，就對高語嵐耳提面命一番，要她好好幹，做出成績來。給自家人打工更得加倍努力，絕不能恃寵而嬌。

高語嵐不服氣，她哪裡嬌了？她一點都不嬌。不過，飯是尹則做的，水果是尹則切的，然後跟爸媽說：「嵐嵐想陪你們過週末，我那邊生意交代好了沒問題，多待一天是可以的。還想讓嵐嵐陪我到處走走，我想好好看一看她長大的地方。還有，這次來得匆忙，什麼都沒帶，該請爸媽出去吃頓好的，聊表心意，還是多待一天吧。」

這些舉動和話，真是顯得高語嵐很嬌，被尹則寵得亂七八糟，想辯駁都無從辯起了。

尹則在高家待了一天，晚上被高語嵐趕回賓館睡覺。第二天，星期天，他過來帶高語嵐出去走走，約好下午一家人上餐廳吃飯，不過老人家不想當電燈泡，就約好了時間地點，老兩口自己過去，逛街就讓尹則和高語嵐自己去。

尹則和高語嵐的逛街就是走走看看，因為高語嵐什麼都不捨得買。她覺得不缺任何東西，而且她的業務規劃裡會有一筆比較大的支出，她替尹則心疼錢，不讓他花，就拉著尹則要走，說「錢不夠，別亂花」。

轉頭時，看到了齊娜和鄭濤，兩個人拎著名牌購物袋從他們身邊走過，齊娜還回頭給了高語嵐一個輕蔑的笑。高語嵐瞪了回去，一直瞪到她臉變黑轉過頭去為止。

尹則沒注意，後來聽說了很生氣，說妳該告訴我，讓為夫對付她，那語氣讓高語嵐笑倒了。

逛了一天，高語嵐又累又餓，雖然約定的時間還沒到，尹則還是先帶高語嵐去餐廳。

那是一家挺高檔紅火的餐廳，高語嵐進去就笑話尹則是職業病犯了，去哪都要找好餐廳考察業務。尹則哈哈笑，攬過她，親親她的臉頰，「小姐，妳的意見很多喔！」

兩個人說說笑笑，跟著服務生找到了一張餐桌坐下，尹則照例把人家的菜單當武林祕笈

看。高語嵐知道他的毛病，但她餓昏了，就先點了兩道最家常的醋溜土豆絲和魚香肉絲加一碗飯墊肚子，然後尹則研究菜單，等高爸和高媽來再點，只吩咐服務生：「先這樣，快上菜，越快越好。我們留一本菜單，一會兒加菜再叫你。」

服務生走了，尹則眼睛不離菜單，頭湊過去親親高語嵐，誇了句：「賢內助。」

高語嵐擰他一下，也探頭過去一起看菜單：「照片都好漂亮……這個是什麼做的……這個好像很好吃……這道菜我沒見過……」問題小姐的點評和提問讓尹大廚研究菜單的時間更久了，等服務生把高語嵐點的菜都上了，他還沒看完。

高語嵐餓壞了，幫尹則布好筷子，招呼他快吃。

尹則說：「爸媽還沒來呢，妳餓了先墊墊，不過，妳吃土豆絲吃飽了，一會兒再有好菜就只能用看的了……」語音還沒落，覺得身邊的高語嵐僵了一下。

他抬頭一看，看到一男一女停在前方，正朝著他們這桌看。

看那對男女的位置，應該是吃完了正要出去，無可避免的要經過他們這一桌。

尹則轉頭看向高語嵐，高語嵐小小聲說：「鄭濤和齊娜。」

「哦。」尹則點點頭表示明白了，還沒說什麼，鄭濤與齊娜轉眼已經走到跟前。

「真是巧啊！」齊娜皮笑肉不笑地說：「好久不見了，語嵐。」

「還不夠久。」高語嵐也皮笑肉不笑地回，尹則就坐在她身邊，她覺得心裡特別有底氣。

鄭濤臉色不太好，齊娜倒是又笑。她冷眼看了看尹則和高語嵐，這兩人一桌吃飯不面對面坐著，非挨著一塊，什麼關係一目了然。她又打量尹則，問高語嵐：「這是妳朋友嗎？在哪裡高就？」

尹則笑笑答：「廚師，開了家餐廳。」

齊娜眼中流露出滿意和輕視，廚師而已，肯定是路邊小店，她主動告訴高語嵐：「鄭濤在財政局當科長。」

高語嵐還沒說話，尹則就滿臉堆笑開口了：「啊，真是年輕有為！人民公僕很辛苦呢，做什麼都得小心一點，不然會被舉報！」

鄭濤和齊娜都皺了眉頭，黑起臉，什麼舉報，會不會說話？齊娜斜眼看看尹則他們桌上寒酸的兩道菜，說道：「這裡的菜價不便宜，要想能多點菜的，隔壁的餐館更合適。」

「好關心我們，管好寬喔！」尹則捂心口，一臉感動地對高語嵐說。

高語嵐在一邊夾菜吃飯，不打算為了這對賤人餓肚子。她吃一口菜，很配合地說：「嗯，放心，她不嫌累。」

「高語嵐！」齊娜橫眉豎眼，「妳不是在跟郭秋晨談戀愛嗎？怎麼轉眼又換了一個？這幾年不見，妳倒是一點沒變。」

「妳也沒變。」高語嵐眼角都不瞥她，「還是一樣尖酸刻薄，造謠誣陷，惹事生非。」

「妳──」齊娜臉一變，準備開罵，鄭濤拉拉她，「走了，沒什麼好說的。」齊娜看看左右，這公眾場合，確實不便發作。她咬咬牙，哼了一聲轉頭走了。

「好賤啊，好想跟他倆多聊一會兒，人家竟然不給機會。」尹則一臉遺憾。話音剛落，齊娜踏著高跟鞋去而復返，她仰著頭，趾高氣揚地對高語嵐說：「春節老同學都回來，今年我和鄭濤辦一個同學會，妳敢來嗎？」

「去，為什麼不去？」高語嵐瞪回去。

「是免費吃喝的吧？能帶家屬吧？」尹則問。氣得齊娜差點沒噎著。她不理尹則，對高語嵐道：「讓陳若雨也來，我也很久沒見她了。」說完，扭著腰又走了。

「老婆，我特別理解妳的心情了！妳的前閨蜜真的賤到一個境界，讓人心裡牽掛啊！」

高語嵐被齊娜攪得胃口都不好了，尹則說：「正好少吃點，一會兒點好菜，妳就不會吃不下了。」他想了想，拿肩膀撞撞她，拋個眼神，「老婆，春節我帶姊姊和妞妞回來過年吧，都一家人了，然後我陪妳去什麼同學會，這麼好玩的事一定不能缺了我。」

「你春節還想來啊？」

「當然，我多少年沒體驗過大家庭的溫暖了，沒有爸爸媽媽的過年很淒涼的！讓我來嘛，我把家屬全帶上，過個熱鬧的年！」

尹則的這個提議得到了隨後到達的高爸和高媽的熱烈歡迎，餐桌上的氣氛非常好，討論得非常活躍，從尹則姊姊喜歡吃什麼，到要送什麼給妞妞，接著火速發展到以後尹則和高語嵐要生一個還是兩個，以及幼稚園入學是什麼情況，要不要早早排隊。

高語嵐被嚇到，怎麼回事，難道她不是當事人嗎？怎麼沒她什麼事似的？

有了兩位老人家做後臺，尹則的腰桿挺得筆直。星期一一早開車載高語嵐回去時，高爸和高媽十八相送，拚命往尹則車上塞吃的和特產，高語嵐真想揮手說：「哈囉，你們親生的在這邊！」

她吃醋的樣子太明顯，逗得尹則忍不住當著高爸和高媽的面用鼻子蹭她鼻子笑話她，然後高爸和高媽也笑話她，弄得高語嵐只好偷偷掐尹則。

回去之後，當天特別忙，落下的工作全要補上，還得跟尹寧、妞妞、陳若雨、郭秋晨等一起吃晚飯，交代這幾天的事。席上，眾人對尹則大半夜的難耐相思，千里追妻的事蹟狠狠嘲笑了一番。

尹則抬頭挺胸，「你們這些單身的傢伙是無法理解我這即將為人夫的喜悅心情，你們就笑去吧，笑得越熱烈就表示你們對我的羨慕嫉妒越強烈。我理解，我會包容你們這樣不適宜的舉動。」

眾人又轟他，尹則始終洋洋得意，他連岳父岳母都搞定了，還怕什麼？結果，晚上他要回高語嵐那邊住就被她掃地出門了。

「我們說好的，要過好各自的生活，放慢步調，慢慢談戀愛。」慢慢談戀愛的意思，就是各回各家，不能同居？

尹則這一晚沒睡好，第二天起床氣頗大，發了簡訊給高語嵐：「不是要跟妳說早安，只想告訴妳我昨晚睡得特別香。妳要請我回去的話，我得考慮考慮。」

高語嵐失笑，回覆：「早安。」

第六章

包子女王當自強

這一天，高語嵐也很忙，她約了尹寧開會，討論她的企劃。這內容她跟尹則討論過，尹則初步同意了，但需要她提出執行方案和預算。於是，高語嵐跟尹寧約好，兩個人像模像樣地商量細節。

高語嵐的設想是這樣的，對於雜誌那邊和其他會所做的時尚小資類的活動，她與尹寧都不太有優勢，因為裡面涉及各類品牌和產品，還要有專業知識的老師或是主持人之類的，才能把互動做得有趣又帶有知識感。而她與尹寧一來沒有資源，二來不具備這類專業知識，三來請相關人等費用太高，勉強介入，吃力不討好。

所以，高語嵐決定這部分還是積極地開展與雜誌社或是相關單位的合作，收點經費，學點經驗，順便拓展媒體合作的資源，為店鋪的宣傳推廣做積累。

而她最後的點子，還是整合利用尹寧和尹則的技術和平臺，開一個美食烘焙班。開班授課，賣賣食材什麼的，一舉兩得。

「我們針對的對象是小資女，有閒錢有閒情有興趣學做這些的，收費可以高一點，賣的是樂趣和服務。每班最多只收二十名學員，兩人一組，每個人都能獨立操作，也能互相配合，這樣比較有樂趣。所以，我們需要十個操作臺、電子爐灶，增加烤箱，還有排煙系統也得重裝。」高語嵐一邊說著，一邊朝店裡比劃了一下，「裡面這部分用玻璃牆隔開，當作教室，外面的吧台位置也要改，還需要一些貨品的展示架。」

「空間應該是沒問題。」尹寧也看了看場地，覺得這事很靠譜，烘焙什麼的，她在行，她還可以順手教大家怎麼煮咖啡，做飲料。

「材料和工具我們可以按食材配好，大家學完了之後順手買回去繼續做，省心又省力，這樣我們在材料上也可以賺一些。這方面還可以開個網店，一邊做課程網路行銷，一邊可以銷售產品。尹寧姊，妳負責出食譜，制定教學方案。我們不必弄得這麼認真嚴肅，其實大家花錢就是來圖快樂，做做蛋糕烤烤麵包，要教她們製作成功率高的，成品賣相有檔次的，還有配什麼飲料，煮咖啡泡泡茶，這些都很好玩。把全套弄出來，就容易滿足她們的成就感，也讓她們回去之後可以跟朋友老公什麼的炫耀。她們開心了，下次就還會再來。」

尹寧看著計畫書，連連點頭，「這樣很好，讓我覺得自己非常重要。」這是她擅長的事，而且也很有興趣。

高語嵐笑了，「那當然了，妳很重要。」

尹寧看高語嵐一眼，笑了，「嵐嵐，妳現在說話語調開始有點像尹則了。」

「哪有？」高語嵐臉紅，又說：「如果按這個計畫走，那我們店裡有時尚課程活動，又有小資美食活動，針對的客群是一樣的，就能藉雜誌方面幫我們打廣告。行銷這部分我來負責，可以開網店，上媒體報導，論壇開話題，部落格和微博都得上。」

尹寧越想越興奮，高語嵐又說：「課程不用排得太密，我們先一週一次，定在週末就好，然後看反應增加到一週兩次。等發展起來了，再增加一兩次課。人手方面，可以請些大學生來打工，準備材料，洗洗刷刷的，沒什麼技術性，好招人，這樣人事成本也不會太高。」

「實在不行，可以讓尹則調人來幫我們的忙。」尹寧出主意。

高語嵐點頭，「是要讓餐廳那邊的人手幫忙，不過，不要服務生，我們要大廚過來授課，教做精品菜，這樣我們的課程內容可以豐富些。」

尹寧一拍手掌，「找尹則，還不用給工錢！」

高語嵐竊笑，「我也是這麼想的。」

兩個女人對擊手掌，很為自己的機智開心，又省了一筆，真是太好了。

高語嵐又跟尹寧協商了細節和工作流程，要制定課程、拍成品照、做食譜、訂材料、做平面宣傳單、做網頁，這樣攝影師、設計師、印刷、食材、教具、烤箱、操作臺等等的費用，以及店裡需要裝修等，大致預估了一個費用出來。

尹寧非常開心，幹勁十足，已經開始琢磨教程了。

高語嵐花了一整天，把整個執行方案又做了細化，弄了個很詳細的計畫執行書兼預算報表出來，發了郵件給尹則。

尹則一整天都沒出現，中飯晚飯都是讓餐廳的服務生送來的，高語嵐一心撲在工作上，也沒在意，直到她晚上在家加完班，把郵件發出去才意識到很晚了，而尹則似乎一整天只發了條簡訊。她知道尹則今天事情多，離開幾天壓了不少工作，農場那邊還找他過去開會什麼的。她看了看時間，已經十一點了。她想到這幾天尹則沒休息好，今天應該睡了，於是沒打擾他，收拾收拾睡了。

第二天，高語嵐一早就在外頭跑，跑裝修、跑廚具、跑廚房電器，雖然這些尹則肯定有門道，但她還是想自己多了解了解，多聽多問才好入行。這一連串跑下來已經到了下午快下班的時間，她又趕緊約了雜誌社的人一起吃飯，聊一聊後面的合作。

吃完飯又聊了很久，高語嵐搭車的時候都快十點了。她坐在車上閉目養神，猛地一想，今天尹則都沒有打電話發簡訊來。她拿出手機，打過去找尹則。

尹則接了電話的第一句話就是：「妳都沒有跟我說早安。」

高語嵐一臉黑線，「現在該說晚安了。」

「妳昨天跟我說的唯一一句話是早安，今天唯一一句難道是晚安？那明天呢？」

大廚先生心情不好！高語嵐頓生警覺，「呃……你在店裡嗎？要不要我過去找你？」

「過來做什麼？沒看我忙著嗎？」

哦，那就算了唄！

高語嵐趕緊說：「那你別太累了，早點回家休息。有什麼明天再說吧，我掛了。」

尹則那邊沒說話，高語嵐想了想，掛了。

尹則瞪著手機不可置信，她掛了！居然就掛了！沒聽出來他在撒嬌嗎？他的意思明明是妳趕緊過來，不得延誤！

尹則氣壞了，真是白疼她了，而且她一定沒有上網看他的部落格和微博。

尹則繼續憋著，他就是要看看她到底什麼時候來找他。

高語嵐回到家裡，想想總覺得哪裡不太對。尹則心情不好，她能感覺得到，應該是她前天晚上沒讓他住進來他不高興，不過都過了兩天了，他還發脾氣，真是小氣啊！她一邊這麼想一邊打掃家裡，又洗了個澡，擦了擦頭髮，坐到電腦前，打算明天去哄哄他。

她先點開了他的部落格，今天得更新一篇食譜，可是打開後一看，尹則居然自己更新了一篇「荷塘月色」。

這道菜……高語嵐傻眼，流口水，要不要這麼誇張？

超大的盤子，清魚湯鋪得淺淺的當底，幾塊碎藕片堆在角落，像是池邊的石頭。魚肉泥捏成蓮蓬狀，上面壓的是小青豆點綴。幾朵蓮蓬下面是綠色西蘭花襯托，像綠葉。一旁有牛肉丸捏得圓滑，呈鵝卵石形狀，排到盤子旁邊。幾隻蝦剝了殼，尾巴從蝦身中間穿過，形成了肉團，而蝦尾朝上的漂亮造型，擺在池中像是在嬉戲。另一邊是熏肉、白火腿片捲成的兩種不同顏色的花朵。在鵝卵石與花朵中間，是一顆白嫩的心形荷包蛋，就像映在池底的心形月亮。

擺盤精緻，栩栩如生。

尹則的食譜說明，洋洋灑灑一大篇。從魚湯怎麼熬，不能熬白，要清透才能顯出池底景色，而清透還要有濃濃的魚香，這裡頭有講究。魚泥蓮蓬怎麼做，牛肉丸怎麼打才能圓滑，藕片的火候掌握，要甜脆可口，兩種肉片怎麼捲成花，蝦怎麼處理，造型怎麼做等等。

下面還寫了：前兩天跟某人花前月下，某人問我，現在這情景你能想出什麼食譜，我說荷塘月色。她說她吃過，我說我的不一樣。現在把我的版本做出來給她看，她一定能看懂。月亮代表我的心。

高語嵐眼眶一下子熱了，這傢伙這麼浪漫太犯規了！

她心情無比激動，下面那些被尹大廚技藝鎮住的瘋狂留言她都已經顧不得看，拿了鑰匙衝出門，直奔大廚的餐廳而去。

餐廳門已經關上了，抬頭看樓上還有光亮，高語嵐急得團團轉，她忘了帶手機，而現在又太晚了，正猶豫著要不要像個瘋婆子一樣大喊大叫，又怕尹則已經回家。這時，門打開，有個服務生從裡頭出來，看到高語嵐就笑了，「老闆在上面，跟大廚在試新菜。」

新菜？荷塘月色？

高語嵐加大馬力往上奔，那是她的菜啊，是她的！

氣喘吁吁跑上三樓，尹則跟主廚正吃著兩盤菜。小小的盤子，不是她的荷塘月色。主廚看到她就笑了，對尹則說：「那就這樣吧，我先回去了。」

主廚走了，廚房裡就剩下尹則和高語嵐兩個人。

尹則挑高了眉頭，「幹麼？」

高語嵐有些不好意思，半夜殺上來要吃的這種事真是有些難以啟齒。

「我想要我的荷塘月色。」

尹則又挑眉毛，「是妳的嗎？」話說得很痞，不過嘴角的笑意還是被高語嵐發現了，她趕緊點頭，「是我的，是我的！」

「沒了。」

「沒了？」高語嵐一愣。

「那種菜怎麼會放涼呢，剩菜重熱就不好吃了。」尹則說得理所當然。

高語嵐覺得好遺憾，臉垮了下來。

「不過，我可以現在做給妳吃。」

高語嵐眼睛一亮，身後要是有尾巴，現在已經猛搖了起來。

「但是妳每天要打三次以上的電話給我，不許冷落我。」

她的尾巴繼續猛搖，「可是你也沒打電話。」一邊搖一邊指控他。

「現在是誰想吃那道菜的？」

「我。」

「所以呢？」

「我保證以後每天打三次以上的電話給你，絕不冷落你。」

尹則滿意了，笑了笑，朝她勾勾手指，「妳過來。」

高語嵐屁顛屁顛地過去。

「再過來一點。」

高語嵐聽話地又挪兩步，然後尹則側了側臉，在她唇上吻了一記，「妳就站這裡。」

「站這裡做什麼？要我幫忙？」

「站這裡讓我親。」

高語嵐一臉黑線，走開了。拖了張椅子在料理臺這邊坐下，一副等吃的模樣。

尹則笑了，開了牆邊幾個超大冰箱的其中一個，拿出幾顆草莓，用鹽水泡著。又開了另一個冰箱拿出一個小鍋，放到爐子上熱。再開另一個冰箱，拿出幾包肉。

高語嵐看著他的動作，心裡充滿期待。

尹則把東西準備就緒，開始做菜。

高語嵐忽然反應過來，「這麼大一盤菜，是不是要很久？」那她耽誤他休息了吧？真心疼。

「不久。」尹則心情很好，「東西都準備好的，動一動手就能弄好。」他看她一眼，「洗頭髮了？頭髮濕濕的就亂跑。哪一次妳奔向我的時候能衣冠楚楚一些啊？雖然我很喜歡妳的家常菜樣子，但被別人看到我也會不爽。」

家常菜樣子……高語嵐又黑線了，大廚先生，你真是三句不離本行啊！

高語嵐在椅子上動了動，「那原來做的那盤呢？你吃了嗎？好不好吃？」

「好不好吃這種問題用得著問嗎？」尹大廚一臉臭屁。拿了一個小小的陶瓷空花瓶放過來。高語嵐看著，不知道他想幹麼，荷塘月色裡沒看到有花瓶道具啊！

接著，尹則拿了顆草莓，刷刷幾刀，下面切幾刀，中間切幾刀，上面切幾刀，一朵漂亮的草莓玫瑰花就完成了。刀法之俐落讓高語嵐看得目瞪口呆，一臉崇拜。尹則拿一根竹籤插在草莓底部，放進了花瓶裡。很快他做好了第二朵，又放進了花瓶。

高語嵐忍不住拿了一朵草莓玫瑰放嘴裡。太好吃了，汁水足，很香甜，忍不住又拿一朵塞嘴裡。尹則削草莓花的速度很快，不過不及高語嵐塞嘴裡的快，尹則白她一眼，「妳就不能等我擺完再動手？這個是想擺在盤子旁邊裝飾用的，調節點氣氛，懂嗎？等吃完菜再吃。」

「氣氛表示不介意。」高語嵐再塞一顆草莓，額頭被尹則彈了一記。高語嵐嘿嘿傻笑，揉了揉額頭，「這草莓一定很貴，我買的沒這麼好吃。」

「農場自己種的，外面當然沒這個好。」尹則捏了捏她的臉，「看在妳識貨的分上，原諒妳偷吃。」

他轉身去忙，高語嵐不知悔改地繼續吃，都擺她面前了就是讓她吃的，這哪叫偷吃？沒一會兒，尹則轉身，把那個超大盤子擺了過來。上面擺好了燙熟的西蘭花，尹則接著擺藕塊石頭，之後滑脆的牛肉丸也好了，他認真擺盤。他的手指修長，拿著筷子的手很好看，擺盤的時候垂著眼睛，很認真。高語嵐覺得這個時候的他相當性感，還很帥。

尹則擺好這些，看了一眼蒸鍋裡的魚泥蓮蓬，動手做蝦。高語嵐實在忍不住，拿了筷子偷偷吃了一塊藕，又脆又甜，也不知道他是怎麼弄的。再嘗一塊西蘭花，也很脆，還以為會沒味道，結果也很不錯。

「不要偷吃。」尹則後腦杓像長了眼睛似的。高語嵐吐吐舌頭，把筷子伸向了牛肉丸。一口下去，感動壞了。太好吃了，怎麼會這麼好吃？她為了牛肉丸想嫁給他，她媽會為了她這出息打死她嗎？

一口氣吃了好幾個，等尹則轉身把煙肉白火腿的花朵做好拿過來，鵝卵石已經快沒了。

「高語嵐小姐！」尹則沒好氣。

高語嵐兩眼冒著粉紅星星，「尹則，我太愛你了！」

一句話把尹大廚成功搞定，幾顆鵝卵石算什麼，她把盤子啃了他都不介意。蒸鍋上的魚肉泥蓮蓬好了，尹則轉身去拿。再轉頭鵝卵石全沒了，花也沒了兩朵，蓮蓬下面的「綠葉」西蘭花也沒了。

尹則直接放棄，算了算了，擺什麼盤啊！一邊抱怨一邊小心把蓮蓬擺好，蝦子也擺上。沒了鵝卵石，那蝦子擺起來的美感差很多。尹則繼續抱怨，猜想著等他弄好心形荷包蛋，這盤子裡會少什麼？

答案是花沒了，蝦沒了，蓮蓬少了一半，藕塊只剩下零星幾個。

心形白嫩荷包蛋擺上去，再澆上香味四溢的魚湯，也無法補救這道菜的美感了。

「哦，我養了一隻豬！」影帝先生捂心口感嘆。

這隻豬現在不吃了，靜靜地看著那個心形荷包蛋，忽然紅了眼睛，想要伸手去揉。

「好了，我又沒嫌棄妳。」影帝與大廚一秒切換，「寵得妳橫著走，和把妳餵成豬，我一樣有成就感，不哭不哭。」

高語嵐跳下椅子，繞過料理臺，跑到尹則身邊抱住了他。

月亮代表我的心！

菜雖然被她吃得七零八落，但月亮還是打動了她的心。

月亮也代表她的心！

高語嵐踮腳吻住尹則。

「妳剛吃了一堆東西，嘴巴油油的。好吧，我不介意。寶貝，再親一下。寶貝，我天天做菜給妳吃好不好？」

「好。」

第二天，高語嵐在尹則懷裡醒過來，她剛動，他的手臂收緊，把她更深地抱進懷裡。她的意識都回來了，如果為了牛肉丸想嫁他沒被打死，那為了一顆荷包蛋引狼入室奉獻身心，她媽也一定不介意。

尹則又搬回了高語嵐的住所，他為此得意洋洋，春風滿面。之後一段時間，又發了幾則秀恩愛的食譜。有以前發過的三杯鴨，他轉發後重新詮釋意思：一杯酒表示熱情，一杯糖表示甜蜜，一杯醬油那是生活必需的味道，所以戀愛中的妳我，記得保持熱情，製造甜蜜，還有好好面對生活裡躲不開的平常滋味。

再有肥牛金針菇卷。他說：肥牛好吃，缺點在於油膩；金針菇有口感，缺點在於無味。兩個緊緊結合，互取所長，互補所短，才是最好的滋味。我一身臭毛病，幸而找到了某人。

尹則自從開始把戀愛心情寫到食譜裡，微博就再次爆紅，原來五十多萬名粉絲，一下子激增到快一百七十多萬。美食雜誌來約專訪，電視臺節目來請他去做嘉賓，還有他的圖書編輯找他談新書企劃，建議做一本「讓愛情與美食相遇」的書。

尹則大手一揮，全部推給高語嵐，聲稱高語嵐是他的經紀人，讓大家找她談。

於是，每一個來洽談合作的人看到高語嵐，都會笑咪咪地說：「哦，妳就是那個『某人』吧？」弄得高語嵐很害羞。

高語嵐變得非常忙碌，比從前在公司上班的時候還忙。她負責尹則個人的宣傳和餐廳的品牌行銷，又負責「書香甜地」的業務。所幸「書香甜地」這邊尹則也幫了不少忙，他的採

購經理完成了所有需要跑腿採買的事項，且品質價格都很好。

裝修這部分，尹則也找了相熟的朋友，幹活那是盡心盡力，效果出來相當好。尹寧也起到了重要作用，她的教程寫得很細，材料的準備、包裝以及大小事細節也能盯上手。高語嵐發揮所長，工作得非常開心。

跟雜誌的第二次、第三次合作都相當成功，高語嵐與他們簽了長期合約，也引進了另一家手工類雜誌的活動，又因為店裡裝潢漂亮有品味，還借了場地給雜誌為明星做專訪拍照片，起到了不小的宣傳效果。照片發出的那段時間，不少粉絲到店裡來捧場，在同樣的位置拍照。

「書香甜地」打開知名度，部落格、論壇和官方微博粉絲迅速上漲。高語嵐很激動，她知道，開時尚美食班的時機終於到了。十月中旬，開始製作美食班的文宣，並籌備相關事宜。

宣傳海報上，妞妞和饅頭上鏡，配著麵包和茶點的畫面溫馨又有童趣。尹寧的美女蛋糕老師造型既漂亮又有氣質，尹則的那套照片更是帥得無與倫比，其中有一張照片是他靠在餐廳那乾淨明亮超華麗的廚房操作臺旁，雙臂向後撐在臺邊，面帶微笑，眼神溫柔得可以殺死人。

高語嵐對尹則的那張照片最滿意，那是她遠遠站在他的對面拚命逗他哄他才讓他有這麼迷人的表情。高語嵐為這張海報配上了很煽動的廣告標語，還讓設計師做成了電腦桌布。事

實證明，尹則的那套桌布被下載的次數最多。

沒辦法，誰讓她們店裡的潛在客戶都是女生多呢！

尹則對高語嵐利用他的美色和魅力來賣課程表示不滿：「我是妳的男人，知道嗎？」

「知道。」她答得非常誠懇。

「妳應該把我藏著，怎麼能跟別的女人分享？」

「借她們看一下不吃虧。」高語嵐哄他。

「快，快！」尹則一臉焦急，「在別的女人染指我之前，妳一定要多染指我幾次，這樣才是真的不吃虧！」

「不要演。」高語嵐推開他湊過來的臉。

「妳對我不好。」尹則先生撒嬌。

「那你要怎樣？」高語嵐嘆氣。

尹則咧嘴笑，「我把那張妳最喜歡的照片設成了妳的電腦桌布、手機桌布，還做了相框擺在妳的辦公桌和床頭櫃上了。」

「……」什麼時候幹的？

尹則繼續說：「妳要好好對待我的照片，不許刪不許換，要天天想我。」他握拳，「絕不讓妳有變心的機會！」

高語嵐一臉黑線，好幼稚，她徹底服了。

幼稚的大廚先生還很狡猾，偷偷搞定了她爸媽。這事是有一次尹則去農場開會，忘了帶手機被高語嵐發現的。那次他手機不停響，高語嵐怕有什麼急事，就幫他接了，上面顯示的名字是「爸」。

高語嵐愣了愣，他爸爸不是去世了嗎？哪來的爸？結果電話接通，她家老爸那大嗓門就響起了：「尹則啊，我是爸爸，你現在忙不忙啊？」

高語嵐一臉黑線，「我是爸爸」這句話，跟每次打電話給她時說的一樣。她家老爸的語氣萬年不變的，看來還真是把尹則當親兒子看啊！

高語嵐清清喉嚨，回道：「爸，是我。」

「嵐嵐？」高爸有些驚訝，「尹則呢？」

「尹則不在，他忘記帶手機了。」

「哦，那他什麼時候回來？」

「快了吧，他一般下午都在這邊的。」

「那行，我回頭再打給他。」高爸很爽快地就要掛電話。

「等一下！爸，你找尹則幹麼？」

「有事問他啊！」

「什麼事？」高語嵐追問。怎麼她爸跟尹則都發展到互通電話的地步了？

「告訴妳也沒用。」

高語嵐深吸一口氣，「怎麼沒用？你說來我聽聽。」

高爸說道：「我就是想問問尹則，年夜飯是他來做，還是我們全家一起出去吃。再三個月就過年了，要在外面吃，就得提前預訂啊！」

高語嵐無語了，這種事都要問尹則嗎？

高爸又說了：「尹則上次電話裡說他來做，可我跟妳媽商量了，做年夜飯太累，不想他太辛苦。我們可以找個好的餐廳，預訂年夜飯就好，可是尹則手藝好，標準大概會比我們老兩口要求的高，所以我們怕選錯地方。於是乾脆問一問他，看最後怎麼定。」

高語嵐直想嘆氣，這爸媽也太快進入岳父岳母的角色了吧？既是心疼尹則，又是要以尹則的意見為先。

「怎麼樣？妳說妳也能拿主意，那最後要怎麼定？」

「呃……」雖然高語嵐剛腹誹完爸媽的行徑，可輪到她了，她也覺得還是讓尹則拿主意的好。高爸一聽，也知道女兒跟自己一樣，哼哼兩聲：「妳看，就說告訴妳也沒用吧！」

「怎麼沒用？我可以先轉告尹則一聲，讓他想好了回電話給你。」

高爸呵呵笑，「女兒啊，尹則挺好的，妳對人家好一點。」

高語嵐很無辜，她對他很好啊！

高爸又說了：「這小夥子很細心，妳媽說想學做菜，他就託人帶了食譜和食材過來，連廚具都送最好的過來。妳媽為了廚房能配上廚具，還把廚房重新裝修了一下。」

高語嵐一臉黑線，頭一次聽說為了配廚具裝修廚房的，而且她爸媽平常可是很節儉的。

「尹則時不時打電話回來噓寒問暖，比妳打得都勤，換季了還寄了新被子和新衣給咱家。」

「哦。」高語嵐羞愧又有些感動，尹則這樣真是做得比她都好。

「妳媽還讓對門的大劉教她怎麼看微博，我跟妳說，樓下四樓那家的準女婿，好像就是在微博上被抓到了出軌的跡象，妳媽聽了也說想看看尹則的。結果她一看啊，高興壞了，上面都是尹則和妳過得很好的消息。」

高語嵐臉紅了，有個愛秀恩愛的男朋友真的不是一件好事啊！

上次他們一起去逛街，也不知道他什麼時候偷偷拍了他們十指交扣的照片，然後發微博

上寫「執子之手」，結果下面又一堆瘋狂的評論，還有人說尹大廚下一道菜難道是十指交扣的鳳爪。

高語嵐簡直要哭了，結果尹則第二天出了個食譜「比翼」。一對大雞翅，抽掉骨頭，保持雞翅原型，醃漬入味，然後一隻雞翅裡面塞入蒸熟的糯米香菇，另一隻塞入碎肉香蔥，烤漬。擺盤時盤子下面放炒香的蒜末麵包糠，似沙漠。盤子上面是特製的醬料，另一角堆了馬鈴薯泥，像小山，然後西蘭花和甜玉米粒圍半圈，意指沙漠山丘沼澤與森林，天涯海角，比翼雙飛。

還好不是真的十指交扣的鳳爪，高語嵐真是慶幸。那對雞翅最後進了她的肚子，好吃到她完全不介意她的手被擺到微博上去了。

還有一次，尹則身體不舒服，沒上班，又不想出去吃，高語嵐就在家做粥和小菜給他吃。她笨拙地切著馬鈴薯，想做個涼拌馬鈴薯開開胃，結果切出了粗細不一的馬鈴薯條。她拿刀的手和馬鈴薯條被尹則拍了下來，又放到微博上去了。

「如果某人明知道你廚藝超級好，卻還願意展示她那笨拙的手藝照顧你，為你做飯，那就娶了吧！」

下面的評論又瘋狂了。不止瘋狂，很多粉絲紛紛展示自己切馬鈴薯的手藝給尹則看，大笑調侃勸他別衝動，好好考慮。展示出來的個個都比高語嵐切得好，高語嵐又差點哭了。

還有粉絲說：我的關注點錯了嗎？我怎麼覺得那手太圓潤。

高語嵐咬牙，真想亮手拍個高清照給他看，哪裡圓潤了？雖然開始談戀愛以後，她確實長了好幾斤肉，可她才不算胖，簡直是汙衊，又想哭了。

結果，尹則特意挑了那條評論轉發回覆：「我餵的。」

又有粉絲說：切成這樣也好意思喔？

尹則轉發回覆：「我寵的。」

再有粉絲說：那味道肯定不好吃！

尹則轉發回覆：「我樂意吃。」

高語嵐不哭了，抬頭挺胸。後來她還做了個拍黃瓜咧，那個做得挺好的。不過，她又想起尹則粉絲說的黃瓜不能挺立的調侃話。哼哼，她可以證明，尹大廚的挺得很好，不過被拍的黃瓜確實挺不起來了。

這黃色笑話她沒敢跟尹則說，她怕他沒臉沒皮的真發微博挑釁大家。

總之，她家大廚影帝先生真的太沒節操了，極盡所能地秀恩愛。高語嵐一聽老媽居然時刻關注尹則的微博，心情簡直是……她那點醜事就像曝光在陽光下毫無遮擋啊！而且他們在同居……等等，她媽不會真知道了她為了一顆荷包蛋就把自己賠進去的事吧？

高語嵐真想捶心肝。

下午，尹則回來了。高語嵐把他的幾個工作上的電話記錄給他，讓他該回電話的就快回。尹則直誇她是賢內助，等他把公事的電話回完，過來問：「我看到有爸的來電。」

高語嵐把年夜飯的事說了，尹則說：「當然是在家做，我和我姊多少年沒過過熱鬧年了，在家做熱鬧。」他拿起手機，撥給高爸。

高語嵐在旁邊豎著耳朵偷聽，又聽見他們在電話裡說什麼結婚，尹則跟高爸告狀說高語嵐沒答應。也不知高爸在那邊說了什麼，尹則又說：「沒事沒事，我隨她。爸別著急，我再好好哄她。」

高語嵐聽得打了個激靈，尹則是跟她提過，她是拒絕了，哪有談戀愛不到一年就談結婚的，正常人都知道這樣太快了，對吧？可尹則居然在拉外援了，還說得這麼溫柔好聽，實際惹到他了，他的手段可不是哄啊！好吧，其實也有哄，連哄帶嚇帶拐的！

高語嵐暗暗下決心，一定要把持住。

「書香甜地」的美食班在眾人的努力下，準備工作非常順利，已有許多人來報名公開課，不過名額有限，許多人表示遺憾，只能等看網上的實況轉播。官網註冊人數激增，微博關注度也節節高升，高語嵐和尹寧都很開心，工作的勁頭更足了。

郭秋晨三天兩頭就往店裡跑，找各種正當理由幫忙，還會在尹寧忙碌的時候，主動提出去接送正在上學前班的妞妞，甚至為了妞妞上小學的問題四處打聽，想為妞妞找個好學校。

高語嵐再遲鈍，也發現不對勁了。這正常男人表現友誼，熱心腸，也不會到這個地步吧？她把這事告訴了尹則，尹則笑笑，「妳真是神經大條，現在才發現？」

「啊？你早知道了？」

「那當然，不然他成天在妳身邊打轉，我哪能容得下他？」

高語嵐「呸」他一下，又問：「那尹寧姊知道嗎？」

「知道……吧？」

「幹麼『知道』和『吧』字中間要停留這麼長？你也不確定嗎？」

「我一問我姊，她就轉移話題了，好像很不在意似的，但我覺得她有在認真考慮這事。」

高語嵐一下子來精神了，八卦之心蠢蠢欲動，「她怎麼認真考慮的？」

「妳應該去問她啊！」尹則看見高語嵐那模樣就想笑，她那表情真是可愛。

高語嵐橫眉豎眼，用力拍他，「你說不說？」

「說，說，妳真是越來越凶了！」尹則嘻皮笑臉，一點沒顯出怕來，「因為我姊這段時間很認真。妳知道，女人一碰到感情，就會變認真了，所以我覺得她應該是知道。她不說話不談，也許是她還沒想好。」

「也有可能是小郭先生沒明說，尹寧姊也不好自己挑明吧？」

「肯定沒說，要是他說了，我姊現在也不能裝傻了。她其實對感情沒信心，她說過她不想再找男人了，就自己帶著妞妞過。不過，現在她沒趕小郭先生，也許對他也有好感吧。」

「好複雜喔……」高語嵐嘆氣，「其實小郭先生人不錯，我覺得尹寧姊可以考慮，她還年輕，不該被那個爛男人毀了一生的幸福。」

「對了，我差點忘了。」尹則忽然想起某人的託付，「孟古那傢伙讓我轉告妳，請妳向陳若雨傳個話，說要是她再不老實點，就讓她等著瞧。」

高語嵐沒明白，「什麼意思？」

「我也不知道，原話就是這樣，再不老實點就讓她等著瞧。」

「若雨都說不會去找他，他還想怎樣？」高語嵐想起之前陳若雨說的熱臉貼人家冷屁股什麼的，肯定是在蒙古大夫那裡受委屈了。她都已經表明不會再去找蒙古大夫，那蒙古大夫居然還敢找她麻煩。

高語嵐越想越不高興，她跟尹則說：「你跟你那討人厭的兄弟說說，我是不會幫他轉達的，他最好不要欺負若雨，不然他等著瞧！」

「哎喲，我家小包子近來真是長進了，越來越有氣勢呢！」尹則裝模作樣，「來，來，快跟妳老公說說，妳打算給蒙古大夫什麼顏色看看？我跟妳說，那傢伙嘴巴賤，心眼多，臉皮還厚，可不好對付！」

高語嵐橫了尹則一眼，這些形容詞放在他身上，也是一個都錯不了，他還好意思說別人。

「他好不好對付我才不管，我又不是親自動手，自然會有人幫我。」

「誰幫妳？」

「你啊！」

「不不，一邊是兄弟，一邊是老婆，這太為難我了，我不能幫妳，我就圍觀看戲就好。」

高語嵐也不與他爭，「反正他要是欺負若雨，我就對付你，你不幫我就試試！」

尹則一呆，對付他？她能對付他的手段……嗯，是他非常不喜歡的。

「老婆，老婆！」尹則馬上換了一張諂媚的臉，「我剛才就是逗逗妳的，兄弟哪有老婆重要？妳說什麼我就做什麼，放心，蒙古大夫要是讓妳不高興了，我鐵定收拾他！」

「不是說他嘴巴賤，心眼多，臉皮還厚，不好對付嗎？」

「老婆，妳要對自己的老公有信心，我哪一樣都不比他差，交給我就好，放心！」

高語嵐滿意地笑了，而在醫院值班的孟古卻一個勁兒地打噴嚏。

當晚，尹則打電話給孟古通風報信，說自家媳婦不願幫他傳話，還說了自己是站在老婆這一邊的，要他不要讓陳若雨不高興，不然萬一惹惱了他家尹高氏，他們兄弟間就得刀戈相見，多不好看。

孟古靜靜聽完，吼他：「你滾蛋！你這個滿腦子女人的淫賊，誰跟你是兄弟！」說完直接掛電話了。

尹則瞪著手機，哇哇叫：「誰說我滿腦子都是女人，我這麼專一，我滿腦子只有我家嵐嵐！」他說完，又想：「不過，我家嵐嵐確實是女人，滿腦子都是女人，也不算說錯……」

他決定不理這個掛他電話的兄弟了，這簡直是浪費感情，他還是辦正事要緊，去找他家老婆親熱去。

高語嵐以為尹寧和陳若雨這兩邊近期總該有什麼動靜了，結果什麼都沒有發生。

轉眼「書香甜地」的課堂活動準備好了，十一月中，高語嵐舉辦了第一堂美食公開課。公開課是免費的，既給大家做個示範和體驗課程，又是一個促銷活動，主要是為了賣課程卡。

公開課得到了一本時尚雜誌、一本美食雜誌的宣傳支持，而尹則此刻的微博粉絲數已達兩百多萬人，美食班的網路粉絲數也已近五萬人，所以受關注度自是不用說，尤其尹則這個情話大廚首次面對面與粉絲一起做菜，大家反應相當熱烈。

課堂裡，尹則教做一道中式料理，尹寧教做披薩。整個店裡被塞得滿滿的，雖然能上手試做的人數有限，但在一旁看著的，也都拿著相機筆記本認真記錄。高語嵐還請了攝影師，將授課過程拍下來，之後要放到網路上宣傳。

尹寧沒被這麼多人圍觀過，非常緊張，好在有尹則撐場面。他言語風趣，動作瀟灑，講解操作步驟非常清楚，對大家的提問應答自如，且能舉一反三，現場的氣氛非常熱烈。眾人起鬨要他做那道「荷塘月色」，他笑稱靠那招拘得美人歸，而且材料比較多，準備工作複雜，等下次有機會再做。他還承諾明年情人節前夕會推幾道情人大餐教大家回去談情說愛，讓大家好好關注部落格，結果引得現場一片掌聲和笑聲。

尹則這次公開示範的是那道「比翼」，他講解如果抽骨保持住雞翅的原型，內餡調料怎麼做、烤漬的火候，還有後期的擺盤的重要性。

尹寧做披薩的時候，他也在一旁幫忙。尹寧是用機器和麵，尹則用手，他跟大家講解不同麵粉與水的比例，用手和麵和用機器的不同，建議沒有力氣的女生可以考慮用機器。他一邊說一邊飛快揉著麵團，真的是飛快，又說一定要迅速用力。又笑稱這時候大家應該給點掌聲，不然視頻放出來大家會以為是快轉。

所有人都笑了，掌聲如雷。尹寧在旁邊笑個半死，一邊笑一邊教大家用機器時要調整麵團位置，判斷水分合不合適。尹則露出大半截手臂，揉麵團時粗壯的手臂隆起結實的肌肉線條，高語嵐注意到現場很多女生盯著他不放，她也覺得尹則這種樣子很性感，越看越覺得臉紅，因為她想起那雙手臂抱著自己的樣子。她低頭掩飾了一下，心裡暗想，妳們看也沒用，這男人是我的。

最後，人力揉的麵團和機器揉的麵團都擺出來，扯開了薄如紙透如紗的麵筋膜。尹寧講解麵團揉成這樣，才可以做麵包，嚼勁才好，披薩餅的口感也才是最適合的。

等麵團發酵時，尹則穿插講雞翅的做法。麵團好後，又一起做披薩。兩樣菜的時間互相搭配著，一點都沒空閒下來。高語嵐暗自佩服尹則對時間的掌握和廚房的經驗豐富。

兩小時課程結束時，兩道菜都出爐了，香味四溢。披薩烤了三個，雞翅做了二十隻，再加上現場二十位學員的作品，分給旁聽圍觀的人一起吃。大家熱鬧又開心，解散前又有個大合影，活動相當成功。

店裡第一期十堂課的課程卡當場就賣光了，第二期的也被預訂一空，連這堂課裡用到的食材和調味料、器具都被買光。高語嵐暗自責怪自己準備不足，早知道就多備一些。尹則笑她財迷，她用眼神警告他當著這麼多人的面不許親她。好在他很快被粉絲拉走去合照，高語嵐鬆了一口氣。

活動結束，許多人還沒有走，留下來問尹則問題，問尹寧問題。高語嵐有些激動，她覺得這麼辛苦，努力沒有白費，她的事業要開始了。

陳若雨在現場看到客人們參與的熱情和積極度，連誇高語嵐厲害。郭秋晨、雷風和孟古等朋友都向她表示了祝賀。高語嵐覺得很滿足，非常滿足。

高語嵐清點了一下，課程都賣掉了，食材和食具的供貨還需要加量，配合活動銷售的情況比她預期的要好，還有人手方面的準備也比她預想的要緊張，雖然以後上課不會像這次一樣擠滿人，但她們收費不低，服務就一定要好。

以這次活動來看，客戶們現場需要的提點和說明還是挺多的，問題太多，需要有人馬上回應。再來課後幾天淘寶店銷量激增，這點貨打包發貨就忙不過來，也得請專職人員了，倉庫管理這塊也得跟尹則商量。

另外，有個廚具品牌想找尹則代言，這件事高語嵐一直在追蹤。「當愛情遇到美食」的企劃也已經基本確定，高語嵐跟尹則商量了一下菜式，與圖書編輯討論再推一本同系列適合一家老小享用的「當幸福遇到美食」，這主題在出版社那邊也已經通過。接下來就是做菜、拍照，配圖配文字。

短短幾個月，高語嵐已經從廚房小白變成了食譜通，做她是不會做，可她現在已經能背各菜色和認識許多大眾料理了。跟各廚具廠商和食材供應商都能聊得起來，美食雜誌那邊的溝通也不會像第一次那樣完全聽不懂人家說的那餐廳這大廚了。

要知道，原先她真的只知道她家尹大廚和尹大廚的餐廳，不過就算知道更多美食名人和知名餐廳，她還是很偏心地覺得還是她家大廚的餐廳最好，還是她家影帝最棒。

而且，她還知道其實尹則有意再開一家特色餐廳，不走高端豪華路線，而是小資情調風的，因為一種概念久了總會過時，但考慮到經濟狀況，他也不敢貿然出手。現在高語嵐這邊做得很好，她算過了，她明年一定可以轉虧為盈，「書香甜地」不再是尹則的負擔，還會成為品牌的一部分為他加分，盈收這塊肯定也會越來越好，食材廚具的銷售也會越發紅火，各條線都能發展起來。高語嵐覺得頗自豪，她從來沒有在工作上得到過這麼大的成就感。

她不但有了自己的事業，更能幫助尹則實現他的理想，她覺得非常開心。

還有一件事也讓她覺得踢開了堵心的石頭，那就是尹姝。

尹姝帶著溫莎約她一起喝下午茶。她說她聽尹則說了高語嵐生氣的事，她覺得非常抱歉。

其實她知道溫莎做了那件事，害高語嵐失業後，就一直覺得抱歉，但她不敢說，只好買貴重的東西做禮物對高語嵐表歉意。後來，尹則千里追妻，她聽說後，決心好好跟高語嵐道歉，還帶上了溫莎。

溫莎是很傲氣的，不過為了尹姝還是來了。事到如今，高語嵐也不好說什麼。三個人一開始只是尹姝說話，不停說對不起，高語嵐忍不住安慰她，於是溫莎也開口說了她們的現狀，主要還是在尹姝的母親身上，她母親逼著她相親嫁人，那陣子還盯上了溫莎，想逼走溫莎，才鬧出照片的事。

「尹姝。」高語嵐握著尹姝的手，「我不了解妳的世界，可能我說的不對，我只是覺得，人生這麼長，妳這麼年輕，妳瞞不了一輩子。我確實幫不了妳什麼，我想無論是誰，都不可能代替妳去戀愛去生活，妳只能自己幫自己。」

尹姝抿緊嘴，眼睛紅紅的，看了溫莎一眼，似乎快要哭出來。

「尹姝，我想我會成為妳的嫂子，我們是一家人。我希望我的家人都能快快樂樂的，幸福地生活。妳不要再埋怨自己，不要總琢磨過去的傷心事，向前看。」

「我不知道還能怎麼辦，我想瞞得一天是一天，也許以後有機會。」尹姝的眼淚忍不住湧出眼眶，「我只希望能跟溫莎在一起，這跟性別無關，我只是愛上了我愛的人而已，可是我好害怕。嵐嵐，我沒有妳這麼豁達，我不敢跟媽媽說，我知道她一定不同意。她不同意，我就沒有辦法，我不敢讓她知道，她會逼我嫁人，我還能怎麼辦？」

「我不知道，尹姝，我不知道妳能怎麼辦。我一點也不豁達，我也是遇事就躲的個性，但我知道這不應該，我在努力勇敢起來。尹姝，妳也一定可以。也許不是現在，也許不是明天，也許還會很久，但妳一定可以。」

「如果我一直做不到呢？也許我真的做不到……」尹姝想到母親的嚴厲就完全失去信心。

「辦不到，就按妳媽媽的意願嫁人生子，這個答案，妳不是很清楚嗎？」

尹姝一呆，溫莎伸出手緊緊握著她的。

高語嵐靜了一會兒，又說：「我那時候對尹則問了一個很蠢的問題，我問他，如果我跟妳都掉進了河裡，他會先救誰？」

「啊？」尹姝眼眶裡還含著淚，卻驚訝張大嘴，「嵐嵐，我會游泳，我哥肯定是救妳的。」

高語嵐一臉黑線，果然她這個問題大家都覺得無聊透頂嗎？她清清喉嚨，咳了兩聲，「我是想說，尹則的答案是，在我們落水之前，他要先教會我游泳。」

尹姝笑笑，「這確實像他會說的話，他也跟我說過差不多意思的，他說不會每次一有麻煩就有人幫我，能永遠依靠的只有自己。其實我一直都挺好的，只有這件事……」

「嗯，我就是想說，如果我們都掉河裡了，我們就一起游回來，不管尹則。」尹姝笑了，「好，好，那我們等哥跳下河再游回來，讓他泡水裡。」話說得溫莎也笑了。

三個女人算是冰釋前嫌，臨分別的時候，溫莎說：「聽客戶說到妳，說妳現在很厲害。我也留意了下，尹則的餐廳經營比過去強很多。我很抱歉對妳做過那樣的事，妳現在發展很好，我覺得很佩服。」

高語嵐沒說什麼，但回到家裡，她心裡的得意開始冒頭，抱著公仔在床上打滾，啊啊啊啊啊啊，讓公司第一女強人誇她能幹，說佩服她，這種感覺不能再好了！

揚眉吐氣！

第七章

當愛情遇上美食

高語嵐自信滿滿的狀態太誘惑人，尹則都忍不住笑話她全靠他的滋潤讓她越來越美。

他說他會努力多滋潤她，他體力好，做得到的。

高語嵐給他一頓白眼，還警告他這麼黃色的話絕對不許編進食譜，不然就休了他。

尹則答應了，結果沒過兩天，他又沒經過她的審核偷偷發了篇食譜「蟹肉小籠包」，還備註稱：我曾說某人像枚包子，軟不拉嘰，太好欺負，我要把她寵成螃蟹，讓她能橫著走。不過她天資太差，想來橫著走她是不會了，不過現在變成了蟹肉餡包子，也算不錯。

下面的評論又顛狂了。

「情話大廚，你總發這種不負責任的微博，我女朋友天天看，你讓我怎麼辦？她本來就是屬螃蟹的，我也想讓她只做蟹肉餡包子就好啊！」

「男神，你的這篇其實重點在於你已經把包子一口一個吞進肚子了是嗎？」

「已經吃了+1。」

「已經吃了+2。」

「已經吃了+身分證字號。」

……

當天晚上，尹則在床上被高語嵐掄起枕頭揍了。

尹則大呼冤枉：「我是無辜的，我沒有發黃色食譜，那是多麼純潔的包子食譜啊！我明明在跟他們談論人生，他們卻跟我講讓人害羞的事！」

羞他個頭！

高語嵐一頓胖揍，「我媽也看你的微博，她今天特意打電話過來問啥時候要生孩子，還說趕緊結婚吧，不然肚子大了不好看！」

尹則哈哈大笑，岳娘真是開明啊，他好愛她。當然，最愛的還是他的蟹肉餡包子。他翻身過去，把包子吃掉了。

時間過得飛快，「書香甜地」的第一期十堂課圓滿結束，學員們好評如潮，第四期課程卡都已賣完。尹則建議高語嵐別太躁進，收錢不是著急的事，現在授課方面還有些問題，比如最大的問題就是他。他越來越忙，不可能每期都過來幫她們撐場面，而沒了他，她們沒有明星老師，那學員有怨言，課程卡賣得多，客訴也多。

這個情況高語嵐知道，也確實需要捧些明星老師出來。尹寧第一期過後已適應很多，但沒了尹則確實不行。於是，她開始物色新老師，這一點，一直合作的美食雜誌幫上了忙。雜誌裡有不少名廚合作，有些不適合授課，有些不願意為尹則的餐廳授課，還有一些是可以談的。高語嵐把他們的業務平臺宣傳效果做好資料，拜訪了幾個人，一來授課是付費的，二來也為對方打名氣，針對不同大廚，提供不同的宣傳服務，當然價碼也要好好談。

終於在春節放假前，高語嵐簽下了三名頗有知名度又有個人特色的大廚作為課堂講師，節後就可以開始運作。另外，明年的年度計畫也安排好了，人手上的增加和職位的安排，還有辦公場所、庫房等等，在尹則的指導下，她越來越得心應手。

另外，食譜書《當愛情遇上美食》已經進了印刷廠，春節前上市。《當幸福遇上美食》也已經完成了一半，她甚至開始幫尹則想點子了。她能做的事越來越多，事情越辦越好。高語嵐對自己很滿意。

春節到了，餐廳放假，尹則、高語嵐帶著尹寧、妞妞和饅頭回高家過年。

高爸和高媽早早就在家裡等著，打了電話問，尹則說是馬上就到了，不過他們要先去飯店把行李放下再過來。

高爸和高媽聽了，知道時間差不多，倒也安心下來，泡了壺茶，準備好了瓜果，就等著見客。又等了好一會兒，聽得門鈴響了，高爸趕緊去開門。一開門，呆住了。

門外站著一個五六歲的小女孩，粉嫩粉嫩的，俏麗的小卷髮，戴著個卡通小兔髮箍，水汪汪的大眼睛，紅豔豔的小嘴，要說多可愛就有多可愛。

小女孩懷裡抱著一隻棕色的小狗，此刻正咧著嘴，好奇地看著高爸。她甜甜地笑著，脆生生的童音喊了一聲：「爺爺！」

高爸那顆柔軟的心瞬間就化了，這是誰家的孩子啊，這家真是太幸福了！

小女孩又接著說：「我是妞妞。」她摸了摸懷裡的狗狗，「這是饅頭。」

高爸還在發愣，這兩個都好可愛，不過名字聽起來怎麼這麼耳熟。

這時，高媽出來了，喊道：「是妞妞來了？」

妞妞用力點頭，嬌滴滴地喊了一聲：「奶奶，我和饅頭來了。」

高媽趕緊把小女孩牽進來，「快讓奶奶看看，妞妞真漂亮！」

「奶奶也好可愛，爺爺也好精神！」妞妞小嘴極甜，拍馬屁的話說得溜。

高爸頓時醒悟了。妞妞，可不就是尹則姊姊的孩子嗎？

這時候電梯響了，尹則、高語嵐帶著尹寧走出來，妞妞回頭一看，童音童氣地嚷：「你們真慢，我都跟爺爺和奶奶相認了。」

尹寧敲她的小腦袋瓜子，還相認咧，她以為她是跟親人失散的孩子啊！

妞妞嘟了小嘴，轉身撲進高媽的懷裡，「奶奶，媽媽對兒童使用暴力，好疼的！」把個高媽弄得心裡軟綿綿的。

尹寧不理妞妞，笑著對高爸和高媽道：「爸、媽，我能跟嵐嵐一樣的叫吧？我父母走得早，好久沒這樣叫過了。」

高爸和高媽一聽，這尹家的大人、孩子都是招人疼的啊，趕緊連聲應了：「好，好，就叫爸媽，就把這當家裡一樣！」說著，熱情地招呼尹寧、尹則和妞妞喝飲料吃水果，親生閨女高語嵐倒是被撇到了一邊。

高語嵐只好抱著饅頭坐一邊，自己拿了個蘋果吃。她吃一口，咬一口餵饅頭。那邊高爸越看妞妞越是喜歡，最後大手一揮，對尹則和高語嵐說：「快結婚，快生孩子！」

尹則高興得合不攏嘴，笑著應：「好的，爸，我一定加油！」

當天，高爸和高媽高高興興地請尹則、尹寧他們一家子出去吃了頓飯。妞妞小朋友全程討歡心，讓高爸和高媽整天都掛著笑臉。

席間約好了要帶妞妞去公園玩，還要去動物園，老兩口也想帶妞妞去逛一逛新開的商城，那裡有玩具城。另外有年貨市場、花鳥市場什麼的。

妞妞小朋友掐著指頭一算，這節目安排得好，她可以玩個四五天。小傢伙眼睛彎彎的，小嘴甜甜的，抱著高媽拍馬屁：「奶奶，妞妞還可以陪奶奶去買菜哦，我知道舅舅年夜飯要做什麼。」

「好啊！」尹則插口：「那妞妞就負責跟在後頭提菜籃，不許喊累喔！」

妞妞聞言嘟了嘴，高媽趕緊哄：「妞妞個子小，哪有妞妞提菜籃的？當然是舅舅來。」

高語嵐哈哈笑，掐掐尹則的腰，小聲道：「讓你派妞妞來賣萌，這下失寵了吧？」

「哼！」尹則鼻子朝天，「我才不跟小朋友計較！」

妞妞在那邊也鼻子朝天，模樣跟尹則如出一轍，「哼，不跟大人一般見識！」一番話又把大人們逗笑了。

妞妞瘋玩了幾天，轉眼就到了大年三十。這天，大人們正在熱火朝天地準備年夜飯，妞妞和高爸在玩跳棋，門鈴響了，高媽跑去應門，一看，竟然是郭秋晨。

高媽一愣，她家嵐嵐都把男朋友全家帶回來了，這小郭來，不會是想討個說法吧？

郭秋晨進了屋，客客氣氣地祝大家新年好，說公司剛放假，他今天才回來。

妞妞見了郭秋晨，衝過去一個飛撲一個香吻，大聲叫：「小郭叔叔！」

郭秋晨把她抱起來，逗了她一會兒，然後有些扭捏不好意思地對尹寧說：「可不可以跟妳聊一會兒？」

高爸和高媽面面相覷，小郭是來找尹寧的？

尹寧一愣，想了想，點點頭，把妞妞抱下來讓她好好跟爺爺玩，然後自己穿了件厚外套，開門跟郭秋晨出去了。

郭秋晨沒有開車，他跟尹寧出了社區，慢慢沿著街邊走。一開始兩個人都沒有說話，只是肩靠著肩，慢慢一起走。

走了兩條街，郭秋晨終於開口：「妳以前來過A市嗎？」

「第一次來。」尹寧淺淺地笑。

「覺得這裡好嗎？」

「挺好的。」

郭秋晨又不說話了，悶頭走了一段路，卻又問：「跟A市比呢？」他轉頭，看到尹寧不解地看他，他臉微微一紅，「我是說，跟A市相比，妳覺得C市怎麼樣？」

尹寧眨著眼睛看了他一會兒，慢吞吞地說：「尹則和妞妞在哪裡，我就喜歡哪裡。」

郭秋晨腳下頓了一頓，明白過來，地方不在於哪裡好，而在於人。心裡牽掛和愛的人在哪裡，哪裡就是好的。

郭秋晨深吸了一口氣，一咬牙，說道：「尹寧，妳應該知道，我喜歡妳的。」

尹寧點點頭：「知道。」她又不是傻子，他做得很明顯了，只是他不說，她也就不提。

「我一直不跟妳說透，不表白，一開始是因為怕妳拒絕，後來是因為，我對自己沒把握。」郭秋晨停下來，轉身認真看著尹寧。

尹寧這下有些不明白了，「怕我拒絕和對自己沒把握不是一回事嗎？」

「不是。」郭秋晨有些緊張，「妳知道，我過去也談過戀愛，真心愛的那次，因為家裡反對，最後沒成功。我父母對我的期望一直都很高，他們有他們的想法，我過去服從了他們的想法，所以我的愛情失敗了。這一次，我年紀比妳小，又有妞妞，我知道這一定不符合他們的標準，我沒把握我會不會又只能順從他們的心意，所以，我不想跟妳表白了之後，再告訴妳因為我父母反對而我不得不放棄妳。」

尹寧看著他的眼睛，認真說：「也許你不必這麼煩惱，你跟我說了，我拒絕了你，你就不必跟你父母鬧得不愉快。」

郭秋晨澀澀一笑，「妳果然是要拒絕嗎？我想過，也許妳這一關比我父母那關還難過，心裡受的傷也許會比世俗成見更固執。」

尹寧想了想，點頭說：「對，我想我很難再愛一次了。」

郭秋晨看著她，心裡一痛，她總是這樣淡淡地說著對自己殘忍的話，似乎傷痛已經遠去，其實她還困在深淵裡。她以為結果已經有了，可他卻希望能夠成為她的開始。

尹寧又接著說：「小郭先生，我其實一直在等你跟我談，因為你不說，我也覺得好像沒法與你說。也許你沒弄明白自己的心，你知道，男人對女人，有時候是同情，是憐憫，那種保護欲，會讓人誤會是愛情。你剛剛換了一個新環境奮鬥，沒什麼朋友，你遇到了我，我正好有一個讓人傷感的過往，又有一個惹人愛的女兒，然後那個壞男人時不時出現欺壓一下我們，所以，這種情況，很容易激起同情心的。如果你弄錯了，其實也很正常。」

郭秋晨一直看著尹寧的眼睛，他看著她的神情，聽著她的話，她說完了，靜靜看著他，他對她微笑，「我剛開始察覺我有這心思的時候，就考慮過了，我確定，不是同情。」

他的聲音不大，卻擲地有聲，每一個字都重重敲在了尹寧的心上。

尹寧咬咬唇，搖搖頭，「很抱歉，我只能說對不起，辜負了你的一番心意。」

郭秋晨低頭，苦笑。

尹寧又說：「你看，這樣說開了就好了，你不必跟你父母說什麼，沒必要鬧不愉快，也許你很快會遇到一個全家皆大歡喜的好對象……」

尹寧的話沒說完，郭秋晨卻抬頭道：「我已經說了。」

「什麼？」

「我已經跟父母說了。今天一到家，我就告訴他們我愛上了一個什麼樣的女人，我把你的情況和我們之間的毫無進展都說了。」

尹寧驚訝得張大了嘴，郭秋晨接著說：「他們很生氣，我爸暴跳如雷，說我不但沒眼光還自作多情，他把我罵了一通，我卻覺得如釋重負，因為我跟他們說開了，就能來跟妳表白了。」

尹寧閉上嘴，抿緊唇，不知該怎麼說，心裡似乎有什麼東西湧了上來，熱得發燙。

郭秋晨道：「我知道多半妳會拒絕我，畢竟我表現得這麼明顯，妳卻什麼都沒有說。妳也說過，妳不想再談戀愛，不想再找男人了。可我覺得，我必須跟家裡坦白一切，才有資格跟妳說這些，就算聽到的是拒絕，我也必須這麼做，我想，這樣才對妳足夠尊重。」

尹寧的心擰得緊緊的，她聽見郭秋晨說：「我絕了自己的後路，我確定我不會退縮了，於是我才來對妳說：我愛妳，尹寧。」

⋯

高爸負責陪妞妞玩，高媽負責跟高語嵐打聽郭秋晨和尹寧的八卦，尹則自己在廚房做年夜飯。一家人各自分工，正忙得熱火朝天時，尹寧回來了。

屋裡安靜了幾秒，妞妞跑過去問：「媽媽，小郭叔叔有沒有說什麼時候帶我去遊樂園？」

尹寧摸摸她的頭，「小郭叔叔要忙啊，過年了，沒空帶妞妞去玩。」

高爸趕緊說：「妞妞還想去遊樂園啊，爺爺明天就帶妳去。」

「好。」小朋友很快高興起來，跳著跑到高爸那邊接著玩飛行棋。尹寧對她笑笑，轉身進了廚房。高語嵐怕有什麼情況，也趕緊過去了。

尹寧沒太多說，她當然看到了尹則和高語嵐詢問的眼神，於是一邊幫忙洗菜一邊似不經意地說：「小郭先生只是把心意說出來，你們應該也知道的吧？」

「哇！」高語嵐興奮了，「他終於說了，尹寧姊，妳怎麼答覆他的？」

「我……」尹寧頓了一頓，「我應該算是沒有答覆。」

高語嵐一愣，沒答覆的意思是……聽完了不說話嗎？那也行，起碼以後還有機會。

尹寧又低聲說：「其實我是拒絕了……」

高語嵐又一愣，沒答覆的意思原來是拒絕嗎？也對，沒答應嘛。她臉一皺，覺得好可惜。

「但是……」

高語嵐正惋惜，尹寧的「但是」又讓她張大了嘴，後頭還有但是啊，這麼曲折！

高語嵐一驚一乍的，臉上表情變幻莫測，把尹則逗得哈哈笑。

高語嵐用手肘頂頂他，「說正經事呢，你笑什麼？」

尹寧也笑，「嵐嵐，妳的表情要不要這麼豐富？」

尹則把高語嵐拉過來親一口，「妳這愛操心的，聽個八卦還這麼投入！」這話說完，立刻遭到尹寧和高語嵐一人一記鐵沙掌，啪的一聲，分外響亮，正巧高媽過來看他們三人忙些什麼，把尹則被兩人欺負的慘狀看個正著。

高媽白了高語嵐一眼，心疼地對尹則說：「阿則啊，累不累啊，要不，歇一會兒再做？」

「不累，不累！」尹則應著，看高語嵐被自家媽媽白眼了，正嘟嘴不樂意，就對她說：「妳去幫我把那邊泡著魷魚的大碗拿過來。」

高語嵐磨磨蹭蹭地去了，尹寧悶頭繼續洗那已經很乾淨的菜，尹則又對高媽笑笑，「媽，妳先休息休息去，我們很快就弄好了。」

高媽看看，點點頭，「需要我幫忙就說啊！」尹則應了，高媽才回客廳跟高爸搶妞妞去了。

高語嵐看高媽走了，趕緊抱著那碗魷魚蹭到尹寧身邊，「尹寧姊，那最後妳怎麼考慮的？其實小郭先生不錯的，他跟妞妞不是也處得挺好的嗎？」

她話說完，就被尹則敲了一記，高語嵐對尹寧說：「尹寧姊，妳偷偷告訴我，不要告訴尹則，他明明也想知道，還欺負我！」

尹寧笑了起來，高語嵐的臉被尹則湊過來咬了一口。高語嵐不服氣，轉身拍他兩下。

尹寧咳了兩聲，「你們倆不能克制一下？我好怕尹則把年夜飯裡的調味料放錯，甜倒牙。」

高語嵐臉紅，用手肘撞撞尹則，「你別鬧了，我跟尹寧姊談正事呢！」

「談完他們的正事，再談談我們的。」

「去，去，女人聊天，男人別插嘴！」高語嵐趕他幹活去，自己湊到尹寧身旁，一副豎著耳朵準備聆聽的模樣。

尹寧原本剛回來的時候心情頗為沉重，現在被這兩個活寶鬧了鬧，倒是輕鬆了起來，她說：「小郭先生是很好，他讓我很感動，可是，我不想因為感動就答應，這對他不公平。」

高語嵐和尹則都沉默下來，尹寧笑笑，「我有心結，我不想騙他。他很好，他值得更好的女孩，而且他家裡不會答應的。」

高語嵐不知道說什麼好，尹則開水龍頭洗手，洗完了一邊甩手上的水珠一邊說：「妳就管好妳自己，妳喜不喜歡他，想不想跟他一起生活，妳就想這些就行，他家裡什麼的，那是他一個大男人該處理的，妳管別人去死。他要是處理不了，那就是他不值得妳託付了，到頭來還是他的問題，所以跟別人都沒關係，就是他而已。妳就想他就好，別的什麼都是虛的。」

高語嵐連連點頭，這話說得雖然不中聽，但其實很有理，如果想太多，那豈不是什麼感情就能被攪爛了？

「我、我對自己都沒把握。」尹寧對感情的事完全沒有信心，接受一個男人的感情，對她來說是件危險的事。

「他要是搞不定妳，那還是他的問題。」尹則哼了一句：「男人真命苦！」說完走了出去。

「好臭屁！」高語嵐撇嘴。

「大男人主義！」尹寧也皺臉不滿。

高語嵐看看尹寧，覺得要是錯過了郭秋晨，對尹寧來說真是可惜。

「尹寧姊，妳等等小郭先生，再給他機會吧？」

「不是我給他機會，嵐嵐，是他給我機會。」尹寧苦笑，「我也不是不知好歹的，我這條件，沒什麼好的。他說他等我，我很緊張，我不知道自己行不行。」

「當然行！」高語嵐抱住她，「尹寧姊，別錯過幸福！」

尹寧苦笑，哪有這麼容易？

高語嵐看她在糾結，不由得反省自己。尹則對她那麼好，她肯定是嫁定他了，可他說結婚她一直沒答應，是不是太刁難他了？想到他剛才說男人真命苦，不知道是不是有感而發？

高語嵐這麼一想，又覺得自己不好。要不，她找個機會去跟尹則說說，他們選個好日子？

很快到了年夜飯的時間，一家人吃得特別高興，高爸和高媽了連呼好幾年沒這麼熱鬧開心了。妞妞還在尹寧的要求下，跳了支舞給爺爺和奶奶看。她玩得高興，又主動要求唱首歌。她唱就唱了，卻提出要舅舅伴舞。

尹則還真是放得開跟她瘋，於是妞妞一邊唱《採蘑菇的小姑娘》，尹則一邊在她身後演情境劇。妞妞一邊唱一邊要監督尹則，最後歌也不唱了，去糾正尹則的動作：「舅舅，採蘑菇要這樣，你動作做錯了，不是蹬腳用拔的！」

「妞妞，蘑菇沒有了，只能拔蘿蔔啊！」

一家人看著他們，笑得肚子疼。

高媽一邊抹眼淚一邊跟高語嵐說：「阿則這孩子好啊，妳也別拿喬了，快把婚事定了吧！」

當晚，一家大小一起出去放鞭炮和煙火，妞妞滿場跑。高語嵐膽子小，不敢動手，只遠遠站著看。尹則陪妞妞玩了好一會兒，跑過來親她一下又跑掉。又過半天，抱著妞妞過來，一人親她一下又跑掉。等到他第三次過來，高語嵐拉著他問：「尹則，你跟爸把日子選好了嗎？」

這麼問，夠直白吧，他應該明白意思吧？

尹則卻是一直笑，沒答話，倒是抱著她用力啃了好幾口。

各種亮眼的煙花在他們頭頂的天空炸開，高語嵐抬頭看，尹則把她抱得緊緊的，她聽到妞妞大聲地驚叫笑鬧，聽到爸媽的大笑聲，她想，這是她過得最快樂的年吧……

第二天，大年初一。

高語嵐接到了陳若雨的電話：「嵐嵐，他們通知妳了嗎？年初四，在『迎賓樓』的包廂開同學會，妳可別忘了啊！」

高語嵐當然沒忘，只是她不在意了。她現在有事業，有男人，有朋友，還有愛她的親人，她非常有自信，所以，同學會，她一點都不懼。

最終章

尹大廚的甜蜜逆襲

迎賓樓是老字號飯店，在高爸和高媽那個年代，去迎賓樓吃頓飯可是件大事，後來餐廳酒樓越來越多，「迎賓樓」一直守著老一套的經營模式，食譜沒什麼變化，服務生永遠板著臉，最後就慢慢沒落下去。

一年前，某知名餐飲集團將迎賓樓收購，重新裝修整頓，調整風格，重訂菜譜，再開業時，迎賓樓已經煥然一新。不但環境好，菜式新，服務生的制服加笑臉也是餐飲界裡名列前茅的。現在要到迎賓樓吃飯，得排起長隊，耐心等待才行。

同學會由齊娜發起張羅，她早早就訂了迎賓樓，顯擺一下自家的財力和門路，要知道春節期間要訂迎賓樓，可不是趕早有錢就行的。

齊娜預定的是「富貴花開」包廂，裡面有兩個大桌子，差不多是三十多個位子。高語嵐帶著尹則和陳若雨準時到了，包廂裡已有不少老同學在等待，看到高語嵐居然也來了，都很吃驚。

已經到了的人坐了一桌，高語嵐幾個後來的，看大家一臉尷尬，打招呼彆彆扭扭的樣子，乾脆坐了另一桌。

高語嵐早被尹則養刁了嘴，什麼好吃的都見識過，所以什麼迎賓樓不迎賓樓的，她倒沒多大的興趣，倒是尹則職業病犯了，到了地方，先讓人家拿菜單過來研究研究。

一屋子人，大家都還在客氣等主辦人齊娜和鄭濤過來，只有尹則像沒見過世面似的捧著菜單看，還問服務生這種包廂消費的餐前飲料和點心推薦，惹得大家都對他側目。

過了一會兒，洋洋帶著男朋友和兩個同學到了，看包廂裡陣營分明的架勢，想了想，坐到了陳若雨這一桌。陳若雨正跟尹則介紹洋洋，齊娜和鄭濤也跟著幾個同學一起走了進來。

大家都站起來招呼歡迎，高語嵐和陳若雨瞥了他們一眼，繼續坐著說話，尹則則是繼續研究菜單。

齊娜看到高語嵐來了，非常高興，看到尹則土包子似的埋頭在菜單裡，心裡更是得意。她走過去，裝模作樣親熱地搭著高語嵐的肩說道：「好久不見了，語嵐，妳能來我真高興。」

高語嵐沒說話，低頭喝茶。陳若雨撐著下巴斜眼看齊娜，像在看好戲。齊娜心裡相當不舒服，不禁把炮口轉向陳若雨：「若雨啊，聽說妳是賣保險的，賣得怎麼樣？要不要我介紹一些客戶給妳？我也知道，幹這行就得找熟人朋友買買，要不，哪裡賣得出去？天天打電話求爺爺告奶奶也不是個事，對不對？」

「對啊！」陳若雨嘻嘻笑，用力點頭，「齊娜，妳真是個大好人，既然妳這麼爽快，就由妳開始好了，先幫我買十份吧，這樣顯得有誠意一點，妳說呢？」

大家都安靜下來，顯然沒想到陳若雨不但沒有不好意思，還真敢厚顏要求齊娜買她的保險。不過，話是齊娜起頭的，顯然大家也知道她不是真心介紹客戶，所以誰也不好說什麼。

鄭濤這時趕緊打圓場說大家久等了，先別著急聊天，快安排上菜，大家邊吃邊聊。

齊娜咬著牙順著臺階下，讓服務生快點上菜。

高語嵐暗暗好笑，對陳若雨豎起了大拇指。陳若雨嘻嘻笑得得意，剝了顆花生吃。高語嵐湊到她耳邊說：「妳之前不是說，吃多了口水就會變得跟那人一樣了，妳現在口才比過去好，是不是吃口水了？」

陳若雨被一顆花生米卡在喉嚨裡，差點噎死。她一陣狂咳，好不容易緩過勁來了，伸手去掐高語嵐，「妳才果然是吃多口水了，居然敢開我玩笑！」

高語嵐笑著往尹則那邊躲，尹則大手一擋，對陳若雨說：「哎哎，看清楚，我家嵐嵐現在有家有口有人罩的！」

他這話說得大聲，引得大家往這邊看，陳若雨哈哈假笑兩聲：「我好怕喔！」

「知道怕就好。」尹則一仰下巴，眼神帶笑，有意無意瞅了一眼旁邊那桌的鄭濤。

齊娜正好從門口催完菜走回來，看到尹則的表情，回了一記冷冷的眼神過去。尹則大大方方地對視，朝著她笑，還眨了眨眼睛。齊娜氣得轉頭過去，跟旁邊兩個同學低聲說話。

人到齊之後，兩桌坐得差不多，菜很快上來，大家舉杯說了一番祝詞和客套話就開動。

眾人一邊吃一邊聊，大多數人都帶了家屬，於是多有起鬨要交代情史的，也有人問高語嵐跟尹則是怎麼認識的。

尹則一邊夾菜給高語嵐，一邊說：「我跟嵐嵐特別有緣，差不多四年前我來這裡出差，在青松公園撿到嵐嵐。她那時候剛剛被人誣陷劈腿，然後她那個花心又腦殘的男朋友把她甩了，我家嵐嵐傷心難過，可憐兮兮地一個人躲著哭，我們就這樣遇上了，很浪漫對不對？」尹則表情豐富地說：「多虧了欺負她的那些賤人啊，不然我怎麼能找到這麼好的女朋友，你們說是不是？」

一屋子人臉是綠的，有些人尷尬地點頭，有些人裝聽不見，有些人裝忙低頭吃東西，整個包廂裡安靜了好幾秒才開始恢復動靜。

尹則像是沒察覺，繼續很歡樂地夾菜給高語嵐吃。

過了一會兒，齊娜忍不住了，挑釁地說道：「尹先生是廚師，從廚師的角度看，覺得這裡的菜怎麼樣？」

「很好。」尹則吃得津津有味，繼續夾菜給高語嵐。

齊娜身邊的女同學開口：「原來嵐嵐的男朋友是廚師啊，廚師工作很辛苦吧，整天跟油煙打交道，還得站一天，一定又累又髒。」

「還好，各行有各行的辛苦。」尹則笑笑。

那女同學繼續說：「當廚師畢竟是體力活，要是上班的餐廳環境不好，請的人不夠多，那會更辛苦吧？不知道尹先生在哪家餐廳高就？」

尹則還是笑，「這位同學吃遍A市各大餐廳？我說一個名字妳就能知道？妳知道別人也未必知道，別人不知道就會以為妳在裝模作樣，那就不太好了，妳說呢？」

女同學臉一黑，不說話了，女同學的老公坐在一邊很不高興，「尹先生怎麼說話的？」

齊娜趕緊插話：「阿堂別生氣，今天是同學會，又是大過年的，大家開開心心，犯不著生氣。尹先生是當廚師的，受的教育、平常接觸的人跟我們不一樣，也許平常說話就這樣了，也不是有心的。」

這話說得得體，綿裡藏針，不動聲色，把尹則損了一頓，說他沒受過好教育，接觸的也不是什麼入流人物，才會說話不得體，但話說出來卻是像開解僵局，給大家臺階下。

其他人也趕緊附和，紛紛道：「對，對，過年要高興，大家好不容易聚一次，犯不著生氣，都是無心的。」

尹則卻是笑，「齊同學真是會說話，難怪呢……」他尾音拖得長長的，明顯地意有所指，但他偏偏不把話說全了，只是撫撫高語嵐的頭髮，「不像我家嵐嵐，嘴笨，只會受欺負。」

齊娜臉色整了整，卻沒發作，反正她就是想當著大家的面跟高語嵐再比一比。她現在工作好，老公好，家裡條件各方面都好，而高語嵐什麼都沒有，找了個男朋友也只是個廚師，不必再多說，反正她的目的到達了。

羞辱一個人，不必摔鼻子上臉地罵難聽話，點到即止，大家明白就行。

齊娜想鳴金收兵，尹則卻是不依不饒，他接著說：「我雖然是個廚師，可是我不偷不搶不幹壞事，不背後捅人刀子，不無中生有，不誹謗陷害，不搶人老公，我堂堂正正賺錢養家，所以大家不必太同情可憐我。」他捂起心口，非常誠懇，「大家熱烈的眼神讓我真的好感動，我差點都忘記了人言可畏這句話。大家放心，我有能力養老婆，一定讓嵐嵐不愁吃穿，保持良好健康的心態，絕不會像這醜惡社會裡的某些女人一樣，心腸太壞，見不得人好，非得找機會踩在別人身上找優越感，也不怕扭到腳摔著自己。而且你們知道，有些人壞得很，自己不好就算了，還要把別人當槍使，有人傻傻就跟上了，我都不好意思說什麼，你們也覺得尷尬，對吧？」

尹則說著，大手一揮，「來來，別客氣，齊同學這麼好，請大家吃飯敘舊，不能辜負了她的美意！大家該吃吃，該喝喝，該說八卦的說八卦，這兩桌菜好貴的呢！」他拉著高語嵐站起來，舉起酒杯，「我家嵐嵐笨，這些年承蒙大家的照顧，她才會有今天，我揀了個便宜，找到個好女人，做夢都在偷笑。現在呢，我跟她一起，向大家道謝，謝謝你們！」

陳若雨舉著酒杯也站起來，這下大家只得跟進。喝了一杯不知啥滋味的酒，還得附和說客氣話，齊娜再自我安慰也忍不住爆脾氣，她冷冷說道：「蒼蠅不扒無縫的蛋！」

其實這天能被齊娜請過來一起「見證」高語嵐過得不好的老同學，都是當初見到高語嵐劈腿被「揭穿」的見證人。他們對當初高語嵐的「作為」都有印象，也都目睹了鄭濤遭到背叛後痛心疾首、怒不可遏的模樣。「蒼蠅不扒沒縫的蛋」是那時候齊娜對高語嵐辯解時的點評，如果不是女孩不檢點，那麼哪個男人能把她勾引劈腿呢？所以大家聽到這句話，都明白是什麼意思。

從現在的情況看，高語嵐肯定是對她男朋友說了當初的事，所以男朋友一直幫她說話。當然高語嵐的版本一定是齊娜和鄭濤陷害她，畢竟最後高語嵐孤孤單單遠走他鄉，而齊娜與鄭濤卻由此喜結良緣，幸福美滿。從某種角度來看，確實顯得高語嵐是弱者，但按當時擺在眼前的事實，也可以理解成是見異思遷的女人自食惡果，自作自受。

只是事隔四年，這四年各種傳言，其實誰是誰非，旁觀者都不會追究，也不會太在意，只當是茶餘飯後的談資。大家早就沒了當初第一時間目睹時的義憤填膺，畢竟事不關己，四年的時間足夠讓他們高高掛起了。

現在齊娜再說「蒼蠅不扒沒縫的蛋」譏諷高語嵐，大家都尷尬不說話，只有尹則大聲呼應：「說得太對了，齊同學，我們做男人的一定要做一顆好蛋，不能做混蛋，不能讓那些邪惡的女人有機可乘！準備好蒼蠅拍滅蠅紙，身為一顆好蛋，就要把蒼蠅都拍死，不然娶回家悔恨終生！」他說得眉飛色舞，相當投入地表明自己是顆好蛋，洋洋忍不住噗哧笑了出來。

齊娜臉色一變，就要發作，鄭濤拉拉她，不大不小的聲音道：「何必跟他們一般見識？」

尹則當沒聽見，自己舉杯招呼：「來來，覺得自己能做顆好蛋的男同胞們乾一杯，我們的口號是讓蒼蠅死開！」

好幾個男同胞都笑起來，大家都是帶女友帶老婆來的，這杯要是不喝，豈不是表示自己心有不軌，只得趕緊投身到好蛋的行列中來，人人舉杯喝了。

齊娜撇了嘴冷眼看著，不說話，悶頭夾菜。於是尹則也中場休息，跟大家一起開心吃喝，他那桌有人請教做菜方法，尹則大方說了，大家七嘴八舌地討論起來，氣氛漸漸熱烈，倒是齊娜那桌沒什麼人說話，顯得冷清。

正吃著，服務生敲門，領進來一個人。眾人轉頭一看，是個高大儒雅的年輕男人，外形不錯，氣質良好。陳若雨噗的一下，嘴裡的飲料差點噴出來。

洋洋趕緊遞面紙給她又拍背，高語嵐看著來人，驚訝道：「你怎麼來了？」居然是孟古。

「不是說可以帶家屬嗎？」孟古一臉坦然，飛快地打量了一圈包廂裡的情況。

眾人交頭接耳，這人難道也是高語嵐的家屬？她有幾個男朋友啊？尹則會不會發脾氣？

齊娜逮著機會，又高興了，她問：「你是誰的家屬啊？」

高語嵐用手肘頂頂陳若雨，陳若雨一瞪眼，「關我什麼事？」高語嵐拋了一個「不好意思」的眼神給孟古。尹則嘻嘻笑看熱鬧，不說話。

孟古站在那裡沒人認領，一腳踹向尹則的椅子，「笑屁啊，以後有事別求我！」

尹則一驚，猛然想到自己正有事求他，趕緊起來拉他，「哎哎，你說你這人，怎麼來晚了呢？來來，餓了吧，快坐下吃飯。」他一邊說一邊抬頭喊：「這是我家屬，我的家屬啊！」

齊娜身邊那女同學說：「這個不合適吧，沒見過別人請客還有家屬帶家屬的。」

高語嵐又捅捅陳若雨，陳若雨一轉頭對那女同學喊：「他是我朋友。」她拖過一張椅子，往身邊一擺，孟古老實不客氣地坐了過去。

「人家來你也來，你湊什麼熱鬧？」陳若雨不滿意地衝孟古嘀嘀咕咕。

孟古很無辜地用下巴指指尹則，「是那傢伙叫我來的，你有意見找他。」

陳若雨撇嘴，孟古卻是不滿地看她的杯子：「不是跟妳說可樂對身體沒好處，怎麼還喝？」

「你管得真寬！」陳若雨瞪他。

「我高興。」孟古說著，伸手拿了她的杯子一口氣把剩下的半杯可樂喝了，又將空杯子遞過去給尹則：「幫她換果汁。」

其他人原本還以為陳若雨是給高語嵐打掩護呢，這麼一看，這遲到的家屬好像還真是陳若雨的，就有人問：「若雨，妳男朋友做什麼的？」

孟古自己答了：「醫生。」

「醫生啊！」這職業又讓大家有興趣了，有人問了幾個生病治療的事，被孟古三言兩語打發了，又有人問：「孟醫生是哪一科的？」

「宰人科的。」尹則答：「孟醫生最愛給人開全身檢查項目，開好貴好貴的藥。」他捂心口，「我就是活生生的受害人！」

「你賺這麼多錢不花掉會折壽的，我是在做好事。」孟古一點都沒覺得不好意思。

這兩人一定有仇！

幾個人交換個眼神，一個人趕緊岔開話題：「對了，還不知道嵐嵐現在做什麼工作。」

「我在他店裡當店長。」高語嵐答了。

「那店長應該比廚師大吧？妳管他嗎？」

「不是同一個店，而且他是老闆，他比較大。」高語嵐照實答：「我那間店分兩個區，外區是咖啡館沙龍性質的，跟雜誌社做些活動，另外我們主營美食班，尹則自己那家店則是純粹的餐廳。」

「咦，尹先生不止是廚師，還自己開店嗎？」

尹則點頭。

「生意怎麼樣？」

「還挺好的。」只要不是齊娜那類不懷好意提問的，尹則都還能正常態度回應，可這平靜沒維持幾分鐘。

齊娜眼看廚師變老闆，雖然很有可能是又髒又累的老闆，但她的心裡還是不平衡，她又說：「現在要當老闆太簡單了，拿個一萬塊就能開個攤了。」

大家暗想真糟，又要開戰了？結果尹則沒回話，孟古倒是接了話頭：「我們醫院門口的小吃攤都要不了一萬塊。」

這醫生跟廚師一定有仇！大家不約而同看向尹則，尹則正笑著往嘴裡塞菜，好像沒聽見。

齊娜見有人幫腔，還是尹則自己認識的人，不由得有些高興。她接著說：「不過我想尹先生的店一定有些規模，不知道能不能承辦喜宴？我有親戚過兩個月要辦結婚，我可以介紹他們看看你的餐廳，要是合適，也是個大單子，他們至少會訂四十桌。」

「四十桌？真好，是個大單子啊！」孟古誇張地大叫，其他人卻是不說話，能擺下四十桌喜宴的，肯定是什麼大飯店之類的才行，齊娜這樣說，分明是想讓尹則難看，果然，孟古說了：「這種好事輪不到尹則那傢伙，他家餐廳才五張桌子，擺不了。」

齊娜身邊的女同學噗哧一下笑了出來，「才五張桌子也叫餐廳，小吃店嗎？」

「小吃我們也賣。」尹則故作認真地說，還跟孟古碰了碰杯子。

「那不知尹先生的餐廳主打什麼菜色，辦不了喜宴，我讓朋友過去捧場也好。」齊娜又問。

「什麼菜都行，讓你朋友想好要吃什麼，提前預訂。」尹則笑得燦爛，真敢來，宰死你！

還提前預訂呢，擺什麼譜？齊娜心裡冷笑，又說：「那請尹先生一會兒給我一張名片，我讓他過幾天就去捧個場。」

「過幾天？」孟古又說話了：「過幾天不行，那傢伙的黑店要至少提前一個月才能訂得到，最長還有排隊三四個月的。就連我去了，也只能在廚房的小桌子吃飯。」

「靠，你每次去都不給錢，給你個位置你就該感恩戴德了！」尹則轟他。

「感恩個屁！每次一樣菜只分我一點，你跩個屁啊！」

「你怎麼不說幾十樣菜呢？豬！」

兩個人習慣性拌嘴，這時有個同學說道：「A市有一家餐廳，很有名，只有五張桌子，價格很高，提前預訂，點什麼菜都行，那家餐廳叫『食』，不知道尹先生知不知道？」

「知道。」尹則答。

「很熟。」孟古答。

那同學又說：「那家餐廳的老闆還有一個美食班，新書《當愛情遇上美食》剛上市，我總覺得尹先生有點眼熟，是我想的那樣嗎？」

尹則一愣，「你在網路上看到的？」

那同學有些激動，「真的是你嗎？我老婆沒來，她是你的粉絲，天天刷你微博，還讓我學上面的菜！她還在網上訂了你所有的書，不過還沒有收到！她要是知道你在這裡，一定高興壞了！」

「等等，那個情話大廚？」另一個同學叫道。她也看尹則的微博，但微博上並沒有照片。

「情話大廚？」高語嵐對這綽號深感羞愧。

「妳有哪裡不滿意？」尹則對自家老婆的反應不樂意了。他的情話都只對她說，只有公開了一點。

「哈哈，真的是你！」那同學笑了，「那個某人是嵐嵐？嵐嵐，妳的馬鈴薯切得好醜！」

「……」高語嵐這下是真的羞愧了。

「還有蟹肉包子！」另一個同學也笑。

「……」高語嵐想找地洞。

其他人問怎麼回事，那同學興奮地介紹尹則的怎麼怎麼有名氣，怎麼怎麼特別，他老婆想報名美食班，可惜得去A市，「她說要等你的情人節大餐視頻。」

「二月十日左右會播，那個跟電視臺合作了。」尹則對粉絲的態度是很好的。他在課堂上說了要教做情人節大餐後，電視臺那邊的美食節目就找上來，希望能合作一期情人節主題節目。最後尹則答應了，節前就錄製完畢。

這邊聊得熱鬧，那邊鄭濤臉色很不好看，在座的都知道他是高語嵐的前男友，現在現任男友把他比下去，他心裡很不痛快。齊娜就更不用說，她辦這個同學會就是為了讓高語嵐難看，現在風向不對，她很氣，故意對鄭濤道：「店長不過是打雜看店，賣保險就更沒法說了，都是辛苦不討好的活，雖說什麼人配什麼命，不過大家同學一場，也不好不幫她們，你在這邊看看有沒有合適公司，介紹給她們也好。」

她話音剛落，卻聽得那邊孟古哼了一聲：「我跟妳說，從我的專業角度來看，太過自以為是的優越感是種病，沒藥治，妳也不必去醫院了。」

鄭濤猛地一板臉，齊娜更是氣得站起來，回敬道：「我說錯了嗎？陳若雨不是賣保險嗎？求爺爺告奶奶騙熟人的錢，還被主管當眾在咖啡廳裡罵，我朋友親眼看到的！你才有病，你以為你誰啊，這裡不歡迎你，請你出去！」

孟古冷笑，「怎麼，惱羞成怒啊？哥哥我可不怕這個。就許你們罵人、羞辱人，不許人家回敬？請客了不起啊？哪裡了不起，妳說來我聽聽？」

齊娜臉色鐵青。

孟古轉頭問尹則：「是這兩個嗎？」

尹則點頭，孟古轉過來接著罵：「還敢汙衊我家若雨騙人家錢，羞辱她的職業，你們膽肥了啊！妳以為嵐嵐和若雨還是當年剛出校門的傻女孩，任憑妳欺負了？她們有家屬了，知道嗎？小樣的，妳去打聽打聽，我跟尹則吵架輸過給誰？我們一個拿菜刀一個拿手術刀，打架也不怕！老子一把刀從頭劃到尾，切不到骨頭捅不到器官也能讓妳流一身血。驗傷也就是個輕傷卻能讓妳痛到哭爹喊娘。妳好好照照鏡子，人品比不上，美貌比不上，可愛這東西妳沒有，老公就更不用說了，跟我們連可比性都沒有。」

陳若雨捂臉，媽呀，剛才就不該一時心軟，認領這廝做家屬，她忘了這傢伙跟尹則都是嘴賤皮厚小分隊的。

高語嵐也被孟古震得一臉黑線，她看了看正津津有味聽罵架的尹則，小聲問他：「你特意找他來增強戰鬥力的？」

「不是，我找他來是為了別的事。」尹則摸摸下巴，「不過，妳說的對，這傢伙的戰鬥力真不錯，老子太欣賞他了！」

孟古還在跟齊娜對罵，尹則忽然對陳若雨說：「多虧有妳啊！」

陳若雨眼一橫，「他愛吵架，關我什麼事？」

這話剛說完，就聽到孟古的聲音停了。陳若雨一抬頭，看到孟古正低頭看她，陳若雨趕緊陪笑擺手，「你忙你的，你忙你的，我不打擾你！」

孟古一瞪眼，一屁股坐下來，對尹則說：「我不吵了，你們上，等打起來了再叫我。」

尹則白他一眼，這傢伙真是討厭，場面節奏都破壞了，他還想多吃些菜，吃飽了再最後亂來一場大的，現在可好了，那壞蒼蠅肯定沉不住氣，沒臉跟他們鬥了。

果然，齊娜被孟古氣得手都抖了，她本想讓高語嵐當眾好看，誰知道局面完全不是這麼回事，一整個反效果。齊娜是極要面子的人，這下確是如孟古說的，完全惱羞成怒了。

她手一指，大聲喝道：「高語嵐！」

尹則撐著頭看看自家的包子小姐，齊娜已經罵開了：「妳別給臉不要臉，好好的同學會，妳有臉帶人來砸場子，妳也好意思？妳給我滾！」

尹則沒看齊娜，他對著他家包子小姐微笑。高語嵐回他一個微笑，尹則笑容大了，咧著嘴樂，他家包子小姐真是長進了，那等她頂不住了他再上。

高語嵐站起來，轉過身直視齊娜，聲音穩穩地回道：「齊娜，妳有臉說我砸場子我都沒臉聽。妳摸摸妳自己的良心，哦，對了，我忘了妳沒有那玩意兒，那妳還是別摸了。妳摸摸自己的胸，用它來發誓，妳是不是那天見到了我和尹則在餐廳吃飯，看到我們很寒酸只點兩個菜，又知道了尹則是個廚師，妳覺得我們日子過得不好，不如妳，所以妳才擺下這個場子，想讓以前那些見證我所謂劈腿罪行的老同學都看看我這個壞女人過得不好，不，應該說，我過得不如妳好。」

好幾個人都低頭不說話，其實大家都心知肚明，這樣被點破，真是尷尬。

高語嵐繼續說：「但是妳有沒有想過，我為什麼會來？我明知道妳的心思這麼齷齪我還來，是因為我想告訴妳，不管我們吃飯的時候是花二十塊還是二百塊還是二千塊，不論尹則是廚師還是老闆，不論是開小吃店還是大餐廳，那又怎麼樣呢？妳的心是要有多扭曲才需要從這裡面找到快樂？我告訴妳，我過得很幸福，比從前任何時候都要充實和滿足，是妳的惡毒和鄭濤的無恥改變了我，讓我邁入了全新的人生。尹則說的對，是該謝謝你們。」

「妳胡說八道，滿嘴噴糞！」齊娜臉色鐵青，氣得已經不知道駁什麼好了：「幾年不見，妳倒是臉皮厚得讓人噁心！」

「妳謬讚了，我可不敢跟妳比，妳比我強太多。我根本做不到一邊跟別人做朋友一邊到處散布謠言說她壞話，我根本做不到把人陷害了還若無其事裝好人請她吃飯只為了讓大家知道她不如自己。其實妳一點都不覺得為了這個理由開個同學很彆扭嗎？妳為什麼一定要看到我過得不好，讓大家都鄙視我唾棄我妳才能滿足呢？」高語嵐接著問。

「心理變態！」尹則接得很順溜。

「根據她剛才能看到人嘴裡會噴糞的景象，又自以為是，被害妄想，確實是有知覺、思維、智力、意念及人格等心理因素的異常表現，應該去精神科做個全面的檢查。不過，我依舊是那個判定，絕症，治不了。」孟古涼涼地說，看到齊娜瞪過來，他微笑著攤手，「沒辦法，我的醫術就是這麼高明。」

「對！」陳若雨在旁邊附和點頭，「可以懷疑他的人品，不能懷疑他的醫術！」

「哎呀，妳真是了解我！」孟古這調調跟尹則真是像。陳若雨白他一眼，不理他。

齊娜氣得沒了理智，她一下衝出座位，鄭濤拉她也拉不住，任她衝到了高語嵐的面前。

齊娜還沒來得及說話和動手，尹則已經站到了高語嵐面前。他伸長手臂一擋，把齊娜擋在了高語嵐的一臂之外，對她說：「妳別忙著開戰，先聽我說。」他冷冷一笑，「我是個拿菜刀的，我跟你們受過的教育不一樣，我大一沒念完就退學打工養家，我洗過碗當過搬運做過理貨員，我接觸的地痞流氓小混混多不勝數。我就是想告訴妳，基於我們層次不同，我一點都不介意打女人和幹群架。妳跟我家嵐嵐說話，最好保持距離，要是碰到她傷到她了，我一激動，保不齊做出什麼出格的事來。」

這話如當頭一盆冷水潑向了齊娜，她愣了愣，轉頭朝鄭濤厲聲喝道：「你就這麼任由他們欺負到我們頭上來？」

鄭濤黑著臉走過來，尹則對著他微笑。旁邊的同學們也坐不住了，紛紛過來拉開他們。孟古四平八穩地坐著吃菜，一臉遺憾地總結：「打不起來，打不起來！」

陳若雨瞪他一眼，這人是唯恐不亂還是怎樣？她站起來，站到了高語嵐身邊，對齊娜說道：「好了，齊娜，妳戲也演了，諷刺話也說了，只不過妳沒想過大家跟四年前都不一樣了，妳自找沒趣，是妳活該。我看今天這聚會只怕是到了尾聲，我也說幾句。當年妳說嵐嵐跟妳說過她覺得鄭濤沒意思了，可這麼多年不知道該怎麼甩他，妳認真勸她，說鄭濤對她很好，她不能做出對不起鄭濤的事，可妳沒想到她表面上看著清純乖巧，背地裡卻勾搭了劉偉程，不但勾搭，還無恥地帶劉偉程來這裡當眾給鄭濤不好看，對不對？」

「事實就是如此！」齊娜大聲對尹則說：「你少得意，這女人有的是本事讓你戴綠帽！」

尹則上前一步就要揍她，被高語嵐抱住了，「為這種人不值得動手。」

陳若雨搖頭，又接著說：「齊娜，妳真的是我見過的最不要臉的女人。我完全理解不了妳的心態究竟是什麼？妳為什麼這麼恨嵐嵐，是因為我們讀書的時候妳成績總是比她差一點？還是因為妳也看上了鄭濤，才玩出這種橫刀奪愛的把戲？妳把鄭濤裝扮成受害者，把自己當成了正義使者，妳揭穿嵐嵐所謂的真面目，可最後嵐嵐遠走他鄉，並沒有跟劉偉程有什麼勾勾搭搭，反倒是妳迅速爬上了鄭濤的床，妳以為這些事看在大家的眼裡，真的一點想法都沒有嗎？」

跟齊娜交好的女同學護著齊娜，衝陳若雨大聲說：「妳編排娜娜這個那個的，又何必把其他人拉下水，大家有什麼想法，難道還需要妳代表？」

陳若雨笑笑，「我不代表大家，不需要，人人心裡都跟明鏡似的。他們不說出來，妳就當他們沒想嗎？」

高語嵐拍拍陳若雨的肩，接口道：「齊娜，其實橫刀奪愛有更好的方式，能被妳搶過去的，我也真是沒辦法再繼續稀罕他。可妳不但做這樣的事，還要讓我背黑鍋做壞人，說妳變態我覺得一點都不過分。說件讓妳高興的事，四年前我真的很痛苦，每天吃不下睡不著，不知道還能怎麼生活下去，我每天渾渾噩噩的，又不敢讓爸媽太擔心，只好偷偷躲起來哭，我這樣，妳開不開心？」

齊娜黑著臉不說話，高語嵐又說：「可是，妳看，現在過去這麼久了，我可以擺脫過去過上新的生活，而妳卻還在惦記著要怎麼繼續打壓我。妳到處去說我的壞話，繼續造謠，妳甚至還說若雨的壞話，妳靠著這點精神安慰過日子嗎？妳是有多空虛，多害怕我們過得好呢？我跟妳說，自卑的人才會時時想著顯擺，心虛的人才會不停求表現。妳分明是對自己沒信心，對生活沒目標，妳害了我，妳心虛，所以妳根本放不下。非常感謝妳辦的同學會，讓我看到了妳這麼淒慘的生活，我感到很高興。」

高語嵐說完這些，拉拉尹則的衣服，「我們走吧，我看她的嘴臉真是看夠了，她就用謊話自己為自己高興吧。」

「等一下，還不能走。」尹則說著，摟了一下高語嵐，把她按在椅子上坐下，「我還有很重要的事，妳等我一下。」

他飛快跑到門口，開了門叫來一個服務生，低聲說了幾句，那服務生點頭走了。尹則折返回來，大聲說：「好了，請大家等一下！看情況不會打架，所以大家不要跑，嵐嵐有件重要的事請大家做個見證人！」

齊娜在那邊臉都是綠的，她推了一下鄭濤，「叫服務生進來買單，我們走！」

鄭濤點頭，過去開門，門一開，一個年輕男人走了進來。兩個人面對面，愣住了。

眾人看到了那個男的，都是一呆，一起轉頭看齊娜，又看看高語嵐。

高語嵐也很驚訝，她捅了捅尹則，「他是你找來的？」

尹則一臉無辜，「他是誰啊？」

「劉偉程。」那個當初追求她的大學同學，也就是他的當眾一吻使得後面發生了一連串的事。她倒是聯絡過他，但沒找到，後來她一忙，生活又很開心，就沒再想這事了。

尹則眉頭一皺，「我不認識他，不是我找來的。」

這時洋洋站了起來，「是我叫他來的。」劉偉程點點頭，走了進來。

鄭濤黑著臉，出去不是，跟著進來又不是。

洋洋說道：「陳胖和李子跟我說了當初的一些事，若雨也提了一些疑點，我知道其實真相是什麼，可能大家都不在意了，但當年我對嵐嵐很不客氣，我們對她的態度確實是很傷人的，所以我自己很想知道，當初到底誰說的才是真的。若雨說嵐嵐打了劉偉程的電話，是空號，沒找到。我怕我最後也找不到，所以就沒先說這事。我打聽了好久，春節前終於找到了劉偉程，我們談過之後，他說他欠嵐嵐一個道歉，於是我把同學會的消息告訴他了。」

「抱歉，我來晚了，你們看起來準備散場的樣子。」劉偉程說了些客套話，然後看著高語嵐，認真說了一句：「對不起。」

高語嵐點點頭。

劉偉程笑笑，又說：「謝謝。」他看了看包廂裡的人，最後目光定在了齊娜身上。他點點頭，說道：「正好大家都在，有些事，我想跟大家說。」

齊娜臉色鐵青，掉頭想走，劉偉程卻是伸手將她攔住，「我要說的事跟妳有關，妳最好在場。」齊娜咬牙，劉偉程堵著她的路，開始說了。

「當初，我很喜歡嵐嵐，可我聽她說過她有男朋友，所以一直不敢跟她表白。後來她要回C市工作，我不甘心，也想跟她回來看看，看看她男朋友究竟什麼樣。嵐嵐一點都沒懷疑我，她把我介紹給她的朋友們，認真幫我在這裡找工作。於是，我趁機向嵐嵐的朋友們打聽嵐嵐跟鄭濤的事。」

有幾個跟劉偉程聊過這類話題的同學都點點頭，劉偉程看著齊娜，接著說：「齊娜是最先主動找我聊的，她問我是不是喜歡嵐嵐，她說嵐嵐和鄭濤感情不好，鄭濤早就變了心，但大家一直沒有捅破這層紙，她說嵐嵐是她最好的朋友，她讓我要勇敢追求，讓嵐嵐幸福。」

劉偉程看著齊娜那臉色，諷刺地笑笑，「我信了，我確實很喜歡嵐嵐，所以我願意相信，雖然問了其他人，大家似乎不知道什麼內情，但我想齊娜是嵐嵐的好朋友，是閨蜜，也許真的跟她傾吐過什麼心聲，所以我在齊娜的建議下，當眾向嵐嵐表白。齊娜說她會幫我，所以當事情鬧開了，齊娜說那些話，我還以為是她在幫我的忙，雖然我覺得有些不對勁，但一開始我沒有說話。等我真的確定事情不是我想像的那樣時，我已經被嵐嵐列為拒絕往來戶了。直到洋洋找到我，她問我當初到底發生了什麼事，我才猛然發現，原來齊娜對著不同的人，說了許多完全不同的話。」

齊娜咬牙冷笑，「根本沒有的事，你們串通一氣，編了這些話，聯合起來陷害我！」

大家不說話，一陣靜默，這時門口有敲門聲，一個服務生敲門，推進來一個小推車，「尹先生，你寄放的東西拿來了。」

尹則眉開眼笑，他道了謝，把推車接過來，然後揮一揮手說：「好了，不必再說四年前了，人家是死豬不怕開水燙，你們跟一隻豬講什麼道理？事實擺在眼前，人家咬死不認，大家也挺沒意思的，還是來說些開心的事。」

他說著，從推車上揭開兩個大蛋糕盒，把蛋糕擺在了桌上，「這是我昨天跑來這裡借人家的烤箱做的，是我跟嵐嵐的訂婚蛋糕，請大家吃。」

高語嵐張大嘴，「昨天什麼時候？我怎麼不知道？」

「我說累了先回飯店睡覺的時候。」尹則笑，親親她的臉蛋，然後轉頭朝孟古喊：「東西呢？帶來了沒？」

「帶了，帶了！」孟古從口袋裡掏出一個戒指盒子，丟給尹則。

尹則手忙腳亂接過，「喂，喂，怎麼用丟的？」

接到手裡，打開一看，戒指好好的。尹則高興地說：「戒指我年節前就訂了，不過後來要提前來家裡，就沒等到人家出貨的日子，所以我讓孟古幫我去領，今天送過來。這是訂婚戒，等結婚我再買一個給妳。」

高語嵐又驚又喜，捂著嘴不知說什麼好，淚水在眼眶裡直打轉。她看著尹則又從推車上打開兩個大盒子，盒子下面放著冰，一打開冰霧騰騰冒出來，尹則從盒子裡拿出兩大捧花，一捧橘紅色的，眾人仔細一看，居然是用鮭魚肉一片一片捲成花瓣拼成的花束。另一棒綠色的，是用西蘭花、菜心、芥蘭等蔬菜包裝成的。雖然材料聽起來不可思議，花束卻異常漂亮。

尹則把兩束花交給高語嵐，然後把戒指盒子捧在手上，單膝跪在地上，仰著頭對高語嵐說：「包子小姐，妳是我心裡最可愛最動人的女人，我對妳日思夜想，在妳沒有成為我的法定老婆之前，我每天都吃不好睡不著，我保證以後一定天天讓妳開心，天天讓妳吃好吃的，做飯洗碗這些活我全幹，妳嫁給我，管制我的錢包，監督我的身材，天天鞭策我給咱家賺錢，好不好？」

高語嵐淚流滿面，激動得根本沒聽清他說什麼，反正她知道他的意思。她拚命點頭，用力點頭。尹則笑著，把戒指拿出來，套在高語嵐的手指上，然後捧著她的手，用力親了親。

他站起來，高語嵐撲進他懷裡哇哇大哭，尹則對大家揮揮手，「總是讓你們當見證人，不見證些好事真是說不過去。今天我向嵐嵐求婚，你們都是證人啊，我們結婚會請大家來喝喜酒。」

眾人在一旁祝賀，孟古從高語嵐手裡接過花束，「我幫妳拿。」高語嵐只管抱著尹則哭，順手就把花束給他了。

孟古把菜葉子的花束放一邊，拿著鮭魚片的那束對陳若雨說：「快去叫服務生上醬油和芥末。」陳若雨正被尹則和高語嵐的事感動得想哭，聽孟古這麼說，就用力拍他，「你真無聊，這是尹則的心意，你別搗亂！」

「這有什麼，我也能用骨頭拼個新奇的出來。」

陳若雨立時一個激靈，起了身雞皮疙瘩。

尹則接受了大家的祝福，他幫高語嵐擦了擦臉，自己走到劉偉程和鄭濤的面前，不管人家是什麼臉色，他用力握住對方的手，特別誠懇地道謝：「謝謝你們啊，嵐嵐是我的了。」

齊娜再也忍不住，拿起自己的包包，用力哼了一聲，拉了鄭濤就走了。

孟古大聲喊：「喂，記得付完錢再走啊！」

尹則也大聲道：「放心吧，這裡春節訂餐是要先交訂金的，她跑不了！」

齊娜一邊走一邊聽他們在後面喊，氣得路也不會走了，腳一扭，摔在了地上。鄭濤把她扶起來，回頭看，尹則正摟著高語嵐說話，高語嵐用力拍他，兩個人既幸福又開心。

此時，在青松公園裡，尹寧和郭秋晨正在散步。她還沒有做決定，不過郭秋晨還是說他可以等。尹寧聽說尹則是在青松公園撿到了高語嵐，她想來看看，又想到了郭秋晨，於是兩個人就來了。

還沒有結果，卻有希望。

同時間，某個小公寓裡，尹姝和溫莎靠在沙發上。尹姝在過年的時候把事情跟母親說了，母親果然勃然大怒，她要求尹姝相親，選一個對象結婚。尹姝跑出來找溫莎，溫莎對她說，我有一個計劃，我們放棄這裡，去過全新的生活吧。

還沒有結果，卻有希望。

（全文完）

番外篇

之一：請個免費老師不容易

高語嵐要請尹則給「書香甜地」的美食班做老師，她本以為那是他自家生意，他肯定滿心歡喜答應，結果影帝心海底針，當她提這要求時，大廚先生看了她一眼，問：「給多少錢？」

高語嵐張大了嘴，老實答：「沒有錢。」

尹則斜眼看她，「那妳們也好意思請我？」

高語嵐嘟嘴，影帝，你好大牌啊，讓人真想踹一腳啊！

她咬咬唇，打算曉之以理：「那邊店裡的生意也是你的嘛，你想想，『書香甜地』沒什麼名氣，但是餐廳那邊是有的。雖然尹寧姊做的蛋糕麵包很好吃，可畢竟沒什麼宣傳噱頭。這年頭沒宣傳就沒生意，如果我們說最佳人氣餐廳的帥哥老闆親自授課，你想這聽起來多拉風？」

馬屁拍到這分上，總該行了吧？

可惜尹則老闆臉上沒什麼欣喜的表情，他說：「這麼說來，妳不但是要借助我的做菜技能，還要利用我的名氣，最後想著一毛不拔，有這麼便宜的事嗎？」

「那薪水還不是用你的錢發的，你把自己的錢從左邊口袋放到右邊口袋，有什麼意思？」

「這筆帳是算到妳頭上的，就有意思了。」尹則對著高語嵐咧嘴一笑。

高語嵐改用撒嬌這一招：「你還是人家的男朋友呢，哪有不幫人家的？」

「妳要不是我女朋友，我才不跟妳談這些呢！妳知道多少人想收購我的店，想請我去任職，我都沒搭理。」尹則一副「妳真不識貨」的模樣，讓高語嵐氣結。

「那你到底要怎麼樣？」

「妳自己想！」

討厭鬼！高語嵐嘟嘴生悶氣，她想不出來啊！這段日子跟她家大廚先生過得甜甜蜜蜜，沒招他惹他啊！

「我渴了。」尹大廚忽然說。

高語嵐屁顛屁顛去倒了水。尹則老實不客氣地喝完，沒有任何表示。高語嵐問他：「要怎麼樣你才會答應幫我們？」

尹則看著她，看得她心裡發毛，然後他壞笑，湊到她耳邊說了幾句。

高語嵐臉爆紅，「不行，不行！」

「不行就算了。」他故作無所謂。

「喂！」高語嵐的腳打拍子。

「嗯？」他拖長了聲音，含笑看她，一臉「我又沒有提什麼過分要求」的表情。

高語嵐一咬牙，撲過去抱著他的腰使勁搖，「答應嘛，答應嘛……」

「喂喂，妳幾歲了？不許使用家庭暴力。」

「不要小氣嘛……」

「我沒有，我最大方。我不但大方，我還對妳一心一意，一往情深，忠貞不貳……」

高語嵐的腳又開始打拍子，「還有什麼詞？」

「等我想到了再補充。」

高語嵐敗了，嘟嘴不高興。

「要不，這樣吧，我們來一場公平友好的比賽，妳說說對我的好印象，我說說對妳的好印象，只許說優點，看最後誰在對方腦子裡的優點多。」

「要是我贏了，你就免費當老師？」

「嗯，輸的那一方，必須每天誇獎對方一次，只許誇優點，而且還要聽對方的話。贏的那方讓輸的做什麼都行，所以如果妳贏了，別說讓我做免費的老師，讓我做什麼都行。」

「好！」熱血嵐嵐上陣了，完全沒去想這件事簡直就是洗腦。

尹則很高興，咧了嘴笑，說道：「那我先說了，妳很可愛。」

「你很瀟灑。」

「妳很漂亮。」

「這誇得太虛偽了，我哪算得上很漂亮？說假話的不算數！」高語嵐哇哇叫。

「哪裡虛偽？情人眼裡出西施，我就是覺得妳漂亮，誰敢不服？」尹大廚理直氣壯。

高語嵐被他誇得有點臉紅，「那……你也很帥。」

「妳很孝順。」

高語嵐想了想，他父母不在了，想誇他孝順也不合適，但這樣她就少了一個詞了。他的優點好像不太多，少了一個詞她會很吃虧。

「那個，對姊姊和外甥女好，該怎麼說？」

「啊，妳少一個了，認輸了沒？」

「我想到了，你很親切和善！」高語嵐急得跳腳，終於憋出了詞。

「這聽起來好像沒什麼誠意。」

「大大的有誠意，哪裡沒誠意？」高語嵐捲起袖子，豪邁地揮手，「別扯別的，接著來！」

她就不信她會輸。早知道有這麼一天，她平常就該多翻翻詞典的。

「妳的身材我喜歡，抱起來很舒服。」

轟的一下，高語嵐臉紅了，他各路神仙的，要不要說這麼狠的話啊？她要是接招，是不是得說他的身材也很棒，她也很享受？

尹則笑得極為得意，瞅著高語嵐，似乎在等著看好戲。

高語嵐一咬牙，說了：「你長得高，挺拔！」

「妳做事認真。」

「你也是個很努力的人。」

尹則笑，接著說：「妳愛乾淨，把家裡整理得很好。」

「你廚藝很棒，菜做得很好吃。」

「妳很善良。」

「你很幽默。」幽默這兩個字簡單是從牙縫裡擠出來的。

尹則咧著嘴笑，又說：「妳善解人意，很體諒人。」

「你見多識廣，很有頭腦。」

喲呵，還真是對答如流啊！尹則挑挑眉，又說了：「妳聰明伶俐。」

「你嘴賤腦快。」

「嘴賤是在誇人嗎？」

高語嵐抬頭挺胸，「別人我不知道，放在你身上一定是誇獎。」

尹則微眯眼，「行吧，勉強算妳是誠懇的。這種特質在妳心裡都是優點，妳一定非常非常愛我，我好感動！」最後一句用上了影帝的語調。

高語嵐一臉黑線，尹則捏捏她的鼻子，「妳這種眼神是什麼意思？」

「這麼厚臉皮的話，你說的時候沒有捂心口加強效果，我有一點點不習慣。」

尹則把她摟在懷裡，額頭撞撞她的額頭，「不許在心裡說我壞話。」

「沒有沒有！」高語嵐捂著額頭，「還比不比了，要是不比了，就是你認輸。」

「我贏定了，來來，接著來！妳老實可靠！」

「咦，這麼快又開始了？」高語嵐趕緊接口：「你機智勇敢。」

尹則把她抱緊，在她唇上啄了一啄，「妳的唇很香，很好親，我喜歡。」

這招使得厲害，高語嵐呆了一呆，硬著頭皮應了：「你、你也好親……」

「那我們要多親親。」他低頭堵住她的嘴，吻了下去。這吻綿長有力，高語嵐喘不過氣來，心裡想著果然是被報復了，這人太賊了，哪有比賽的中途偷跑襲擊人家的？

尹則吻夠了，放開她，又說：「妳的舌頭很軟。」他看看高語嵐臉紅又呆呆的樣子，說道：「換妳了。」

「啊？」高語嵐完全沒回過神來。

尹則笑了，摸摸她的臉，又說：「妳的皮膚白白嫩嫩的，摸起來手感很好。」

高語嵐還在愣，那他的皮膚肯定不如她的，不嫩，而且一點都不白，也許是當初開農場的時候被曬的。

尹則捧著她的臉，又親親她，接著說：「妳的聲音很好聽，我很喜歡。」他說得那麼曖昧，似乎充滿暗示，高語嵐的臉更紅了。她看到尹則眼裡的笑意，得意又些竊喜，猛然醒悟過來，張嘴想說什麼，卻發現已經對不上了。

「那個、那個……」她著急，使勁想，剛才他說了幾個她的優點來著？

尹則哈哈大笑，用力緊緊抱她一下，宣布：「妳輸了！」

「沒有，沒有，剛才不算，剛才是你打岔了，我們重新來！」

重新來？想得美！尹則笑，敲敲她的腦袋瓜兒，「願賭服輸。」

「再比一場嘛！」

「不行。」

「再比一場嘛！」

「一次定輸贏的。」

「那比別的？」

「好啊，比誰做的菜好吃。」尹則應得爽快，高語嵐恨恨地瞪他，這真是太沒誠意了。

「反正妳輸了，以後我們倆之間，我說了算。」

高語嵐的回答是低頭看腳尖，裝可憐。

尹則摟著她，說道：「好了，之前是逗妳的，我當然會去妳當老師，宣傳隨便妳用。」

「真的？」她轉頭看他，裝可憐這招居然有用？

他點頭，高語嵐掩不住小得意，伸出小手指，「拉勾。」兩個人拉了勾，高語嵐滿意了。

尹則這時突然把她橫抱起來，在她耳邊說了幾句話。高語嵐臉暴紅，嚷道：「不行，不行！」

不行嗎？影帝不同意，抱著她回臥室去了。

高語嵐割地賠款，終於請到了免費的老師。

她在尹則懷裡睡著前忿忿地想，小說都是騙人的，狂霸跩的不止總裁，還有大廚啊！

之二：最重要的是看臉

在同學會那一年的六月，高語嵐嫁給了尹則，成了尹太太。

婚禮是在尹則新開的餐廳舉辦的，那餐廳的名字叫「當幸福遇見美食」。

新書《當幸福遇見美食》同步上市，而餐廳開張後的第一天，營業內容就是老闆的婚禮。

老闆說了，在前廳那裡會擺滿簽名書，若有人為他們在簽到本上寫一句祝福的話，就回贈一本簽名書。許多粉絲過來了，不但簽下祝福，還留下了禮物，當然，上千本簽名書被搶空。

簽下的祝福跟老闆微博上的留言一樣瘋狂。

「祝男神與某人幸福美滿，黃瓜永遠挺立！」

「身為大廚，必須寶刀永不老！」

「某人，你要多進補，多吃鳳爪以形補形，一抓人二抓錢，兩手都要硬！」

「要小心，某人不要變肥牛，男神不要變金針菇喔！開玩笑的，請一定要幸福，你們的愛情有鼓勵到我，我正在尋找能跟我一起看荷塘月色的人！」

「我知道，你們一個人負責煮，一個人負責吃，然後兩個人一起負責幸福美滿！」

……

簽到本簽了五十多本，疊得高高的。婚禮後高語嵐翻這些就翻昏頭，簡直敗給粉絲們。

「當幸福遇見美食」的主題很受歡迎，裝潢走精緻浪漫溫馨格調，也很投消費者的緣，是情侶、家庭聚餐的首選，一開張就天天爆滿排隊。

同年十一月，一本美食雜誌聯合電視臺舉辦「十大最有特色餐廳」的評選活動。高語嵐身為餐廳品牌的企畫，自然大力推動「當幸福遇見美食」入圍並拿獎。

競爭非常激烈，但高語嵐胸有成竹，這一年多的的磨練，她已經成長為幹練的職場人，眼光準，下手快，組織能力強，入圍肯定沒問題，她的目標是排名，要拿大獎。

她不僅辦了各種投票活動，大力行銷，並督促尹則好好健身，好好保養，還買了高檔護膚保養品給尹則，比自己的臉還重視。

「餐廳評選，關我的身材和臉什麼事？」

「拚廚藝嘛，各家大廚都有絕活！拚名聲嘛，各家餐廳都紅得不行！」

「所以呢？」

「所以，我們出絕招，拚老闆的臉。宣傳的時候大廚都得亮相啊，這時候，我們的優勢就顯示出來了。」

「……」尹則撇眉頭給她看，「妳確定？」

「這麼說吧，當初你裝神經病闖入我家時，要不是雷風長得帥氣逼人，你看著也不差，我早拿菜刀把你們趕出去了。」

「……」等等，這話哪裡不對？

「所以，最重要的還是要看臉。」

「……」尹大老闆確定這話非常的不對。

之三：一家醋罈子

「蘋果片用糖漿水煮軟後，撈出瀝乾備用。剛才用黃油和麵粉和好的麵團，現在可以派上用場了……」電視螢幕裡，尹則正在教大家做蘋果玫瑰花甜點。

「蘋果片擺在麵片上，像這樣捲起，捲成玫瑰花的樣子，擺入鋪好油布的烤盤。烤箱剛才已經預熱了，現在時間剛剛好，烤盤擺到中層，一百八十度……」

高語嵐啃著脆甜的蘋果，津津有味地看著她家大廚教做菜。這是《當愛情遇上美食》的第三期節目，電視已經播過了，她放光碟看，隨時重溫。

大門處傳來鑰匙開鎖的聲音，高語嵐懶洋洋的不想動，靠在沙發上，看著尹則走進來。

「怎麼又在看？」尹則笑咪咪地一屁股坐在她旁邊，搶了她手上的半顆蘋果，三兩口吃掉。然後也不管唇上沾著蘋果汁，就這麼湊過去親了親高語嵐的臉蛋，「別看了，妳的廚藝沒救了，反正家裡也不指望妳做飯。」

高語嵐橫他一眼，哼，就這麼看不起她？好吧，她也沒打算學做菜，就不爭強好勝了。

「就是要看！」她撒嬌地抱著他的腰繼續看。

「我的節目妳反覆看了好幾遍了，是向我示愛的意思嗎？」

「不是，是在胎教。」

「這樣能教出什……」尹則的話說了一半，猛地反應過來，「妳說什麼？」

高語嵐抬眼看他，眼神裡滿是得意，「我這段時間有強烈的預感嘛，然後今天去醫院檢查。」她把一旁的包包拿過來，翻出檢驗單，「我們有寶寶了，尹則。」

尹大廚呆愣愣的，傻得咧開嘴合不攏。好半天正待歡呼，卻聽得老婆大人說：「現在趁寶寶在肚子裡，我要好好培養她，讓她多看看美食，以後當個幸福的小吃貨，讓她爸爸做飯做得很有成就感，還要讓她多看看她爸爸，以後才會覺得爸爸帥。」

「等等，她爸本來就很帥！」

「這個不是重點。」

「這個挺重點的。」

「總之，以後我們母女倆都喜歡吃，你的廚藝有用武之地，這樣你會很成就感。你看，我多體貼。」

「好吧。」帥不帥確實不是重點了，尹則跟著老婆的描述，想像著一個粉嫩嫩圓嘟嘟的可愛女孩喊「爸爸，我想吃這個，你快做給我吃」的情景，覺得超級幸福。

可是，世上不如意，十有八九。

孩子生下來了，不是女兒，是兒子。

尹則和高語嵐都有些失望，但是生都生了，兒子就兒子吧。兒子也能夠成為小吃貨，兒子也有粉嫩嫩圓嘟嘟的時候。尹則幫兒子取名尹卓，希望他長大後成為一個卓越成功的人。

尹卓並沒有按尹則和高語嵐希望的那樣成長，他根本就不是個吃貨，雖然小時候長得粉嫩嫩圓嘟嘟，但脾氣很倔，倔強又挑食，用吃的從來不能引誘他，只能用玩具哄。

從五六歲開始，尹卓就展現廚藝上的天分，吃了什麼菜，他會說：「這個有什麼，我也能做。」然後他真的拿菜刀要做，要是沒做成功，他覺得不好吃，會一連做好幾次，直到成功為止。

高語嵐愁眉苦臉，「胎教居然教錯了方向！」她明明想要一個萌軟萌軟的小吃貨，陪她一起調戲孩子的爸，陪她一起撒嬌，一人拉一邊袖子說老公我要吃這個，爸爸我要吃這個。現在可好，生了個小倔娃。

這孩子倔就算了，居然還敢鄙視她這當媽的貪吃，還敢嫌棄她這當媽的吃什麼都香。

「這有什麼？」這是她家孩子常說的一句話，配上那挑剔的表情，好像她這媽媽的味覺有問題似的。她哪裡有問題？不就是愛吃美食，吃什麼都香嗎？

嗯，高語嵐決定了，她被這孩子的爸用美食誘惑，最後被拐進家門的事一定不能向他透露半個字，不然她這當媽的這輩子都會被鄙視。

可尹卓這孩子也怪，雖然挑剔，依舊熱愛做菜，十歲的時候已經跟著他爸學做了一手好菜。他爸還把他帶上了電視，參加廚藝大賽。高語嵐很緊張，她老公常見世面就算了，這麼小的孩子，她擔心壓力太大。

尹卓參賽前在尹則的餐廳廚房把要做的菜都做了一遍，高語嵐幫他品菜，實在太好吃了，好吃得她幸福地瞇起眼睛。尹卓很高興，但高語嵐怕萬一最後輸了，小孩子承受力差，於是她安慰兒子：「寶貝啊，勝敗乃兵家常事，你爸也輸過的，你這次是跟你爸一起搭檔，所以輸贏沒關係的。」

「所以重點是我爸也輸過，還是重點是一起搭檔？」小尹卓問。

高語嵐一愣，對，這安慰人的角度好像沒掌握好，可是兒子這種小大人樣真是不討喜啊，能不能愉快地做個兒童啊？

父子倆去比賽了，尹卓很臭美地買了新衣，剪了頭髮。高語嵐潑兒子冷水：「兒子啊，反正穿廚師服戴廚師帽，人家看不到你的衣服，也看不到你的髮型。」

尹卓說：「贏了之後要做採訪的，那時候就能看到了。」

這真是……信心滿滿啊！高語嵐無語。

「妳放心。」換兒子安慰她，「我跟我爸都很帥，會贏的，最重要的是看臉。」

等等，這是誰亂教的？這次是現場評審，沒有觀眾投票好嗎？看臉有什麼用？

兒子啊，你被你爸誤導了！

比賽那天，高語嵐也去了。她坐在觀眾席上，看到自家老公和兒子領著助手們一出場，全場響起掌聲。好吧，無可否認，她家這隊可以命名為「最帥參賽組」。尹卓個子小小的，很是搶眼，這也是第一次有小孩出現在料理爭霸賽上。尹卓聽到掌聲還向觀眾揮手致意，頗有大將之風，把大家都逗笑了。

主持人也特別喜歡對這孩子問問題：「小朋友，你為什麼來參賽？」

「因為我廚藝好。」尹卓大言不慚，全場爆笑。高語嵐注意到有尹則的粉絲也在現場，論壇粉絲群裡有人發言：「果然是大廚的親生兒子，說話調調都一樣，哈哈哈哈！」

還真是……高語嵐看著那父子倆，長得很像，都愛做菜，說話語氣和表情都很像。只是當爸的寵她，當兒子的挑剔她，真是不貼心。

比賽開始了，各隊選手一輪廝殺。尹卓個子小，有人專門搭了塊墊腳板給他。他平日裡常跟著尹則一起做菜，默契相當好。小小年紀表現沉穩，動作帥氣，跟助手叔叔和大廚爸爸配合時，還會有各種酷跩表情，吸引了很多目光，現場給的鏡頭也是他最多。

最後試吃時，評審們提的問題居然也是問這個年紀最小的最多。得到誇獎，尹卓抿著嘴笑了，笑容裡混著羞澀，惹得一個女評審說太喜歡了。

最後結果出爐，尹則父子倆這隊獲勝。高語嵐心道，這年頭，還真是得靠臉啊！

獲獎後，尹卓領著爸爸去接受電視臺專訪了。高語嵐看不到，事後她問兒子說了什麼，兒子瞪她一眼，跑了。哎，搞什麼？於是她去問兒子他爸。尹則笑著親親她，說電視臺播出後妳就能看到了，別著急。

兩個星期後，節目播出了。高語嵐早早坐在電視機前等著，尹卓很不給面子地回房間去了，只有尹則陪著老婆看。

高語嵐抱著老公的手臂撒嬌：「你說兒子怎麼就不親我呢，我真是太沒地位了！」

尹則但笑不語。

看完了比賽，接下來就是專訪，專訪時間還不短，因為這次大賽首次有十歲的孩子參加，所以賺足了眼球。關注度高，自然給的宣傳資源就多。訪談問的多是尹卓怎麼學做菜的，將來有什麼理想之類的話題。後來看尹卓很健談，主持人也放開了，開玩笑問他：「在家裡，爸爸和媽媽誰的地位更高些？」

「呃……」尹卓想了想，「在我家，不會做菜的人地位比較高。」

主持人笑了。

尹卓接著說：「我媽是個貪吃鬼，她很愛吃我爸做的菜，都被養刁了，我得很努力地學做菜，才能讓她吃得開心。」

主持人又笑了，尹則在旁邊也笑。

「這是吃爸爸的醋嗎？」主持人又問。

尹卓不好意思了，「也不是吃醋，就是爸爸說過，媽媽愛吃他做的菜，他特別開心。我也覺得，媽媽愛吃我做的菜，我就特別開心。」

「好羨慕啊！」主持人大叫。

尹卓害羞地笑了。

高語嵐眼眶濕了，這個兒子總嫌棄她不挑，其實是害羞，是想讓她只喜歡吃他做的菜。

高語嵐抱著兒子他爸哇哇大哭。不會做菜的那個，在家裡地位比較高，這情話她太喜歡了，「老公啊，咱們兒子太害羞太彆扭了，好可愛！」

尹則抱著她，摸她的頭，「是啊，這麼彆扭，醋勁還大，以後可怎麼得了啊？我對兒媳婦先表示一下同情。」

等等，高語嵐抬頭，「我在說我呢，說兒子愛我呢，關兒媳婦什麼事？」

「妳吃醋嗎？」尹則鼻尖抵上她的，「現在就吃兒媳婦的醋？」

「亂講，明明是你吃兒子的醋！」

「怎麼可能？是那臭小子吃我的醋！」

一家醋罈子。

漫畫小劇場

做菜失敗的原因

男人間的對話

四格小劇場

汀風／故事
櫻井實／漫畫

老婆的苦惱

後記

這篇文是我寫的第一篇都市愛情故事。

翻翻我在晉江文學城上的專欄發文時間，發現那竟然已經是二〇一一年十月的事了。我還記得當時開這文時是很衝動的。那時候是突然想起絕大多數的一夜情套路都是喝醉了，早上起來驚覺怎麼自己全身光溜溜，旁邊也躺了個光溜溜的。於是，我想，要是醒過來發現自己光溜溜，但是沒看到男人，而是看到一隻狗，會發生什麼事？

這個場面實在是太激動人心了，於是我興奮地立馬決定——把它寫出來！

好了好了（擺擺手），不要再提醒說這作者是有多變態了。看不到男人看到狗狗也很萌啊！對不對？作者就是要叛逆一點嘛！

但是呢，那個時候我有一個很嚴重的問題，就是我不會寫純都市愛情，或者該說不會寫純粹簡單只是談戀愛的愛情故事。沒寫過啊！

之前寫的文都是古言，江湖啊懸案啊什麼的，要不就是現代玄幻，閻王啊鬼怪啊什麼的。所以，如果沒有案件發生，如果沒有懸疑或古怪的事發生，我不知道故事裡的角色能幹麼。

但因為醉酒醒來後家裡發現一隻狗這個點讓我很激動（不知道在激動什麼@_@），所以我還是很衝動地寫了。文的名字《喂，別亂來》，其實是告訴我自己，冷靜啊，別亂來，萬一妳寫不下去呢！

不管了，開寫！

其實起床後看到家裡突然多一隻狗可以有很多種可能性，比如狗精、狗妖怪、狗神仙，當初快餓死了你隨手丟一個饅頭救了牠一命，然後現在牠來報恩了，又或者牠快餓死了，別人給牠一個饅頭，你順手搶了，牠來報仇了。

但那是玄幻文了。

我寫過玄幻文，卻還沒寫過都市愛情，我要試一試沒寫過的題材，所以狗就只是一隻狗而已，然後狗主人來敲門了。

「妳不搶男人，居然搶一隻狗？」

這是這個故事的開始。

很小白很無厘頭，但是我很喜歡。

很開心地列了個粗略的大綱，然後我就寫下去了。前十萬字寫得還挺順利，但我得說，十萬字確實是寫文的一個坎。因為瞬間的靈感和依靠激情開始的碼字，到了八萬十萬字的時候，差不多就消耗光了。

由於沒有經驗和準備不足，加上文下熱情的讀者們一片吶喊「讓他們在一起」，使我急切地加快節奏寫到了表白和接受的這一步，寫跳了，所以差不多十萬字左右，我陷入了瓶頸。

表白和接受了，然後呢？男女主角要做什麼啊？

我並沒有更好的想法。

大團圓其實應該是結局的時候用的，大綱也寫了他們之間的矛盾戲碼，但怎麼引導劇情到那一步，我沒有太多的靈感。

於是劇情有點跳，於是寫得有些拖。

最後還是寫完了。

但我得承認，我對那一版自己並不滿意，可具體缺了什麼，我說不清，或許應該說，要怎麼才能調整好，我說不清。我只是想，等有時間的時候，我一定轉回頭把這篇文修了。

之後我寫了《跟你扯不清》。

我得說，《喂，別亂來》這篇文的初稿我雖然不滿意，但它對我日後寫現代言情都市文有著很重要的意義。寫完了這篇，我對寫純粹簡單的愛情故事有了些想法。沒有大狗血大波折，沒有命案沒有死別，只是簡簡單單，現代男女的戀愛。

於是有了《跟你扯不清》。

《跟你扯不清》在讀者中的反應還不錯，我想這其實歸功於《喂，別亂來》。是它讓我嘗試了這樣的題材，積累了經驗，發現了問題。

有時候不去做，就真的不知道自己能做到。

所以我對這篇文一直有很深的感情，我一直惦記著，要把它變得更好。可雖然早早重修了大綱，也陸陸續續寫了一些，卻一直沒有大塊的時間去完成。

這期間我又寫了其他的文。現在，時隔三年，我終於把這篇《喂，別亂來》重新寫了一遍。

這一次，我自己滿意了。

高語嵐可愛又有些聰明幹練，尹則嘴賤又浪漫深情。我補充了細節，讓人物豐滿起來。也試圖讓故事更順暢明快，人物之間的感情發展更合理和自然了。

於是有了「情話大廚」，有了那些食譜情話，有了尹則更多的「賤賤惹人愛」，而高語嵐也從「包子小姐」最終成長為尹大廚的王牌經理人。

事業與愛情都圓滿，大團圓結局。

如果生活裡有誰對你亂來了，那就給他一拳。

「喂，別亂來」是當初我對自己寫這個故事時說的話，是高語嵐對尹則亂七八糟的攻勢的警告，最後，成為了這篇文的主題。

我很高興，我終於能把它完成。也很高興，它有機會出版，以全新的面貌出現在大家面前。

希望這短短的二十多萬字，能讓你有段快樂的閱讀時光。

快來吧！
錯過就只能等明年囉！

晴空家族
2014 集點活動開麥拉

超值好康獎不完，千萬別錯過！

為慶祝晴空家族成立，麥莉莉要來舉辦好康大放送的活動了！凡購買晴空家族 2014 年 11 月底至 2015 年 3 月底出版之指定新書，集滿任 10 本書腰或折口截角上的「晴空券」，就有機會獲得晴空家族 2015 全新推出的獨家限量好禮，一年只有這一次，機會難得，請快把握！

活動辦法

請於 2015 年 4 月 15 日前〈郵戳為憑〉，剪下晴空家族指定書籍內附的「2014 晴空券」10 點，貼於明信片上，並於明信片上註明真實姓名、電話、年齡、學校〈年級〉或職業別、住址、e-mail，寄送到 104 台北市中山區民生東路二段 141 號 5 樓「晴空家族 2014 集點活動收」，就能參加抽獎。

獎品

【名額】以抽獎方式抽出 20 名幸運讀者

【獎品】送晴空家族 2015 年書展首發新書周邊精品。

【活動時間】於 2015 年 5 月 5 日抽獎，5 月 15 日在「晴空萬里」部落格公布得獎名單，並於 6 月 1 日前寄出獎項。

注意事項

1. 單書的「晴空券」限用一張，如同一本書重複寄了兩張以上晴空券參加抽獎活動，將以單張計，不另行寄還，如晴空券不足 10 張，將視同棄權。
2. 主辦單位保留隨時修正、暫停或終止本活動之權利，如有變動將另行公布於「晴空萬里」部落格。
3. 活動辦法及中獎名單以「晴空萬里」部落格之公告為準。
4. 本活動獎品之規格及外觀以實物為準，網頁／書封／廣告上圖片僅供參考，獎項均不得轉換、轉讓或折現。

主辦單位保留更換活動書單與等值獎品之權利。

〔預定參加書單〕

漾小說	綺思館		狂想館
沖喜 1-5（完）	喂，別亂來（上、下）	娘子說了算（上、下）	縷紅新草（上）
許你盛世安穩（上、中、下）	出槌仙姬 1-2	夫君們，笑一個 1	超感應拍檔（上）

綺思館 004

喂，別亂來（下）

國家圖書館出版品預行編目資料

喂，別亂來 / 汀風著. -- 初版. -- 臺北市 : 晴空,
城邦文化出版 : 家庭傳媒城邦分公司發行,
2015.01-
　冊；　公分. --（綺思館 ; 4）
ISBN 978-986-91202-6-5（下冊 : 平裝）

857.7　　　　　　103021440

作　　者　汀　風
封面繪圖　Welkin
責任編輯　施雅棠　羅婷婷
國際版權　吳玲緯
行　　銷　陳麗雯　蘇莞婷
業　　務　李再星　陳玫潾　陳美燕　枅幸君
副總編輯　林秀梅
副總經理　陳瀅如
編輯總監　劉麗真
總 經 理　陳逸瑛
發 行 人　涂玉雲
出　　版　晴　空
　城邦文化事業股份有限公司
　104台北市中山區民生東路二段141號5樓
　電話：（886）2-2500-7696　傳真：（886）2-2500-1966
發　　行　英屬蓋曼群島商家庭傳媒股份有限公司城邦分公司
　104台北市中山區民生東路二段141號2樓
　客服服務專線：(886)2-2500-7718；2500-7719
　24小時傳真服務：(886)2-2500-1990；2500-1991
　服務時間：週一至週五09:30-12:00；13:30-17:00
　郵撥帳號：19863813　戶名：書虫股份有限公司
　讀者服務信箱：service@readingclub.com.tw
晴空部落格　http://sky.ryefield.com.tw
香港發行所　城邦（香港）出版集團有限公司
　香港灣仔駱克道193號東超商業中心1樓
　電話：852-2508-6231　傳真：852-2578-9337
　E-mail：hkcite@biznetvigator.com
馬新發行所　城邦（馬新）出版集團【Cite(M)Sdn. Bhd.(45832U)】
　411, Jalan 30D/146, Desa Tasik,Sungai Besi, 57000 Kuala Lumpur, Malaysia.
　電話：(603) 9057-8822　傳真：(603) 9057-6622
　Email：cite@cite.com.my
美術設計　廖婉禎
內頁排版　洸譜創意設計股份有限公司
印　　刷　鴻霖印刷傳媒股份有限公司
初版一刷　2015年 01月06日
定　　價　250元
I S B N　978-986-91202-6-5